KB078621

ARDIEN SAGA

아르디엔 전기

FANTASY FRONTIER SPIRIT

인기영 판타지 장편 소설

아르디엔 전기 8

인기영 퓨전 판타지 소설

초판 1쇄 찍은 날 § 2014년 6월 3일
초판 1쇄 펴낸 날 § 2014년 6월 4일

지은이 § 인기영
펴낸이 § 서경석

편집부장 § 권태완
편집책임 § 이효남

펴낸곳 § 도서출판 청어람
등록번호 § 제387-1999-000006호
등록일자 § 1999. 5. 31
어람번호 § 제1-1864호

주소 § 경기도 부천시 원미구 부일로 483번길 40 서경B/D 3F (우) 420-822
전화 § 032-656-4452 팩스 § 032-656-4453
http://www.chungeoram.com
E-mail § chungeorambook@daum.net

ISBN 979-11-316-9057-4 04810
ISBN 978-89-251-3539-7 (세트)

ARDIEN SAGA

아르디엔 전기

FANTASY FRONTIER SPIRIT

인기영 판타지 장편 소설

도서출판 청어람

CONTENTS

Chapter 01
폭풍전야

아르디엔 전기

드넓은 평야에 황혼이 내렸다.

마도국의 22만 대군은 발맞추어 평야를 가로지르는 중이었다.

대지는 몸살이라도 난 듯 앓아댔고 모래 먼지가 자욱하게 퍼졌다.

그 위에 스며든 노을빛이 마치 붉은 안개를 헤치고 나가는 것 같은 착각을 일게 만들었다.

마도국 게르갈드의 국왕 루틴 니플헤임은 거대한 흑마를 타고 무리를 이끌었다.

선두에 선 그의 뒤로는 왕실호위기사 어둠의 사자 삼백 명이 바짝 붙어 따르고 있었다.

일전에 이백에 달하는 어둠의 사자들이 아스크를 잡으려다 죽음을 맞은 뒤, 새로 차출한 이들이었다.

그 뒤로 다시 5만의 흑마법사가, 7만의 용병단과 10만의 키메라 군단이 차례로 줄을 이었다.

10만의 키메라 중에서도 3만은 버닝 소울이었다.

인간과 악령을 융합한 존재들로, 그들은 죽음에 이르는 순간 영혼을 태워 악령으로 변신한다.

몬스터와 몬스터를 섞어놓은 일반 키메라와는 차원이 다른 존재들이다.

일전에 아스크도 버닝 소울이 된 어둠의 사자들과 싸우다 위험에 처한 적이 있었다.

어찌 되었든 마도국의 병사들은 숫자도 숫자이거니와 하나같이 위험한 존재들이었다.

한데 22만의 그 모든 병사보다 더욱 무서운 존재가 있었으니, 바로 본 드래곤이었다.

크롸아아아아아아!

대군의 위에서 날갯짓하던 본 드래곤이 포효했다.

그의 울음은 살아 있는 모든 것의 모골이 송연토록 만들었다.

다들 심장이 덜컹거려 식은땀을 흘리는 와중 루틴만이 미소를 머금었다.

그가 고개를 들었다.

본 드래곤의 늠름한 자태가 더없이 매혹적이었다.

'질 수가 없는 전쟁이다.'

루틴은 자신했다.

그라함 왕국은 물론 아르디엔과 그 패거리들, 그리고 자신을 배신한 아스크과 시긴에게도 처참한 죽음을 안겨 주리라!

루틴의 얼굴에 드리워진 미소가 더욱 짙어졌다.

* * *

마도국의 병사들은 쉼 없이 진격해 나갔다.

보통 그 정도의 인원이 움직이려면 기동력이 줄어들기 마련이다.

한 번 쉬었다 밥을 지어먹고 가는 것만도 큰일이다.

게다가 하루의 반나절 이상을 말 타고 걷는 것도 쉬운 건 아니다.

사람도 말도 똑같이 지친다.

몇 번 씩 쉬어서 피로를 풀어줘야 하는데, 22만의 인원이 쉬어 가려면 오랜 시간이 소모된다.

하지만 게르갈드의 병사들에겐 이런 것이 조금도 문제 되지 않았다.

5만의 흑마법사들이 있기 때문이다.

그들은 마법의 힘을 이용해, 본인은 물론 다른 모든 병사들의 피로를 풀어주었다.

말과 사람이 하나같이 지칠 때쯤이면 검은 마나가 그들의 몸을 휩쓸고 갔다.

그러면 언제 지쳤냐는 듯 다시 힘이 펄펄 나서 처음 말을 타는 것처럼 활기차게 질주했다.

육신은 피로를 느끼면 수면욕이 강해진다.

한데 피로를 느낄 새가 없으니 잠이 오질 않았다.

밤이 되었다고 억지로 잠을 청할 필요는 없었다. 차라리 하룻밤을 더 달리는 게 나았다.

그런 상황인지라 잠은 이틀, 사흘에 한 번 꼴로 자 주어도 충분했다.

밥을 먹는 시간 외엔 다른 모든 시간들을 단축시킨 것이다.

어마어마한 강행군이었다.

하지만 그 안에서 육체적, 정신적 피로를 느끼는 이들은 없었다.

오히려 마레타히트가 가까워질수록 피를 볼 수 있다는 생각에 흥분하는 미치광이들이 수두룩했다.

마도국의 흑마법사들은 그런 이들이었다.

*　　　*　　　*

"오늘은 여기서 쉬어 간다!"

루틴에게 명을 받은 어둠의 사자들이 한 목소리로 외쳤다.

그 명은 곧 다른 이들의 음성을 타고 전군에게 퍼졌다.

밤하늘 아래 넓게 펼쳐진 평야 위로 22만 대군이 일사분란하게 움직이며 임시 군막을 차렸다.

현 게르갈드의 진군 속도로 봤을 때, 하룻밤을 자고 새벽에 일찍 일어나 다시 말을 달리면 해가 떨어지기 전, 마레타히트에 도착할 수 있었다.

루틴은 이 전쟁을 조금도 지체하기 싫었다.

승리가 뻔히 손에 들어와 있는데 그럴 이유가 없었다.

지금도 달빛을 받으며 늠름한 자태를 뽐내는 본 드래곤이 그의 입가에 미소를 가져다 주었다.

흐뭇해하는 루틴의 곁으로 새로이 어둠의 사자 수장이 된 리로이가 다가왔다.

"기분이 좋아 보이시는군요."

루틴이 고개를 끄덕이며 말했다.

"늘 내 기분을 살피느라 고생이 많구나."

그것은 칭찬이기도, 비아냥이기도 했다.

리로이는 올해 딱 쉰이 된 6서클의 흑마법사다.

충분히 실력이 있는 자다.

이미 오래전에 어둠의 사자가 되었어도 이상할 게 없었다.

하지만 워낙 열등한 가문에서 태어난 자였기에 세력에 밀렸다.

어둠의 사자는 엘리트들만을 받아들였다. 그 말은 엘리트가 태어난 가문도 엘리트의 대접을 받아야 한다는 것이다.

리로이의 가문은 그렇지 못했다.

한데 이번에 어둠의 사자들이 모조리 죽임을 당했다.

혈족을 잃은 가문들은 비통에 빠졌다.

그들이 슬픔의 늪에서 허우적거리는 사이, 혈통의 우월성에 기대지 않고 개인의 역량을 꾸준히 키워온 다른 가문들의 반격이 시작되었다.

어둠의 사자를 지탱해 오던 기득권들이 모조리 추방당하고 새로운 피가 수혈되었다.

덕분에 새로이 태어난 어둠의 사자는 전보다 더욱 강해졌다.

사실 그것은 루틴이 바라던 것이기도 했다.

아스크를 잡기 위해 모든 어둠의 사자를 출정시켰을 때, 그는 두 가지 경우의 수를 생각했다.

아스크를 잡아 죽이거나, 어둠의 사자들이 전멸 당하거나.

결국 어둠의 사자들이 전멸 당했다.

그리고 루틴은 알게 모르게 음지에서 힘을 키우던 다른 가문들에게 손을 내밀어주었다.

결국 어둠의 사자는 기득권 세력을 몰아내고 새로이 정비하며 더욱 강해졌다.

리로이는 그 무리의 우두머리가 되었다.

이후부터 루틴의 곁을 떠나지 않으며 늘 그의 눈치를 살폈다.

"넌 강하다. 하지만 너무 눈치를 많이 봐."

"그게 제 역할인 것 같습니다."

리로이가 고개를 깊이 숙였다.

"가끔은 남의 눈치보다 본인의 생각을 더 살펴야 할 때도 있어."

"명심하겠습니다."

명심하겠다고 말했으나 그 역시 눈치를 봄으로써 튀어나온 말이었다.

루틴은 입을 다물었다.

더 얘기해 봤자 아무런 소득이 없을 게 뻔했다.

리로이도 그 심중을 알아채고서 조용히 자리를 벗어났다.

하늘에 먹구름이 끼기 시작했다.

달빛이 가려 칠흑 같은 어둠이 드리워졌다.

'내일이다.'

루틴은 내일 있을 전쟁을 생각하며 천천히 눈을 감았다.

시원한 밤바람이 그의 머리를 스치고 지나갔다.

＊　　　＊　　　＊

마레타히트엔 그라함 왕국의 30만 대군이 집결해 있었다.

마레타히트와 조금 떨어진 군사도시 벨라크엔 다시 30만의 대군이 진을 쳤다.

아울러 20만의 대군이 마레타히트로 달려오는 중이었다.

그라함 왕국이 일으킨 병력은 도합 80만이다.

수적으로 보자면 게르갈드는 도저히 상대가 되지 않을 수준이다.

22만과 80만은 어마어마한 차이다.

하지만 전쟁이라는 건 늘 변수가 생기게 마련이다.

아울러 지형을 어찌 이용하는지, 어떠한 계략을 사용하는지, 어떤 병법을 이용하는지에 따라 하룻강아지가 범을 잡는 일까지 심심찮게 벌어진다.

한데 이미 마도국에게는 수적 열세를 뒤집어버릴 확실한 카드가 있었다.

본 드래곤이었다.

그들에게 본 드래곤이 있다는 건 그라함 왕국 측도 알고 있었다.

아르디엔이 아스크와 시긴에게 들은 내용을 서찰로 국왕에게 전했기 때문이다.

해서, 그라함 왕국의 병사들은 숫적 우세에도 불구하고 초긴장 사태였다.

정찰대가 마도국의 병사들이 반나절 거리에 진을 쳤다는 소식을 전해 왔을 땐 입이 바싹 말랐다.

어느 정도의 긴장감이라면 의미 없는 잡담이라도 나누었을 것이다. 그것이 긴장을 푸는데 도움이 된다.

하지만 지금은 그럴 여유조차도 없었다.

어둠이 내린 마레타히트엔 침묵만이 가득했다.

아니, 딱 하나의 막사만이 소란스러웠다.

하멜 후작가문의 막사였다.

*   *   *

막사 안은 비교적 넓었다.

하지만 지금은 비좁아 보였다.

아르디엔을 중심으로 하멜 가문의 장수들 케이아스, 마렉,

마리엘, 크라임, 제피아, 아스크, 라미안과 삼대성군, 그리고 베르체스까지 함께였기 때문이다.

낮에는 여러 가지 일로 정신이 없어서 간단히 안부만 나눴다.

해서 삼대성군과 베르체스는 주변 정리가 된 이후 다시 하멜 후작가를 찾은 것이다.

"지금이 전시만 아니라면 더없이 좋았을 텐데."

칼토르 후작이 좌중을 둘러보며 말했다.

리호른 백작이 고개를 주억거렸다.

"그러게 말입니다. 서로 사는 일이 바빠 자주 볼 수가 없으니."

레이먼 백작도 한마디 거들었다.

"아무리 바빠도 내 자식놈 사는 꼴은 보러 갔어야 하는 건데 말입니다."

레이먼 백작의 아들은 익히 알고 있듯, 알버트 스트라이더다.

알버트는 헬레나 영지의 영주다.

알버트의 이야기가 나오자 라미안의 입가에 수줍은 미소가 번졌다.

그녀는 얼마 전부터 알버트와 연애를 하고 있다.

레이먼 백작의 시선도 자연스레 라미안에게 향했다.

"라미안님, 혹여라도 제 아들놈이 속 뒤집어지게 만든다면 언제든 말씀하세요. 내 그 길로 달려가서 혼쭐을 내줄테니."

라미안이 방긋 웃었다.

"네, 꼭 그렇게 할게요."

그러자 리호른 백작이 끼어들었다.

"그때는 나도 가만있지 못할 겁니다."

라미안은 리호른 백작이 딸처럼 아끼는 이다.

레이먼 백작도 이를 잘 알고 있었다.

"여부가 있겠습니까?"

농을 주고받은 두 백작이 통쾌하게 웃었다.

그때 칼토르 후작이 아스크를 바라보았다.

"한데… 저 청년은 한 번도 본 적이 없는 얼굴이구만. 전장에 장수로 나올 정도라면 제법 실력이 있다는 얘기일 텐데, 최근에 하멜 후작가에 발을 들인 인가?"

그에 다른 이들이 일제히 입을 다물었다.

아스크는 하멜 백작가에 들어온 이후 비교적 조용히 하루하루를 보냈다.

하지만 그는 언제 터질지 모르는 시한폭탄이었다.

누가 조금이라도 건드리면 폭발해 버리는.

그나마 충직한 부하 시긴과 그의 아버지 제피아가 있었기에 화를 절제해 나갔던 것이다.

사실 하멜 후작가에서도 아스크가 어떤 놈이든 신경 쓰지 않고 무작정 들이댈 인간이 몇 있었다.

그 1순위는 마렉이다.

하지만 마렉은 파보츠가 아닌 이르베스에 머물고 있었다.

해서 아스크와 부딪힐 상황 자체가 만들어지지 않았다.

그 다음으로 불안한 이는 디스토였다.

디스토는 상대방의 기분 따위 신경 쓰지 않고 할 말을 하는 타입이다.

아스크의 행동거지가 맘에 안 들면 바로 독설을 날릴게 뻔했다.

그에 아르디엔은 디스토를 따로 불러 당분간 아스크를 없는 사람 취급하라 일렀다.

디스토는 그 명령이 대단히 맘에 안 들었지만, 억지로 받아들였다.

이후로는 아스크를 일부러 피해 다녔다.

마지막으로 아스크의 심기를 건드릴 만한 인물은 바로 마리엘이었다.

마리엘은 그야말로 천둥벌거숭이다.

안하무인에 위아래도 없고 자기 기분 내키는 대로 행동한다.

마렉이나 디스토는 만약의 상황에 아르디엔이 제어할 수

있지만 마리엘은 그렇지가 않았다.

그녀는 아드리엔의 명을 듣지 않는다.

그래서 하멜 후작가의 사람들은 마리엘과 아스크가 스쳐 지나가거나 같은 공간에 있을 때마다 잔뜩 긴장했다.

다행히 한동안은 아무런 일도 벌어지지 않았다.

그러나 가랑비가 계속되면 옷이 젖는 법이다.

결국 아스크와 마리엘이 크게 맞붙는 사건이 벌어졌다.

게다가 설상가상 아르디엔은 파보츠가 아닌 다른 곳에 있었다.

당시 두 사람의 싸움은 시긴과 크라임까지 끌어들이며 어마어마하게 커져 버렸다.

나중에는 제피아와 케이아스까지 가세하게 되었다.

그 싸움으로 인해 하멜 후작가의 저택이 반 이상 허물어졌고, 연무장이며 정원이 초토화되었다.

칼토르 후작이 아스크에게 관심을 보이자, 당시의 일이 모두의 머릿속에 떠올랐다.

마렉은 직접 겪은 건 아니지만 후에 찾아와서 반이나 날아간 저택을 보고 경악을 금치 못했다.

칼토르 후작은 갑자기 싸해진 분위기가 의아했다.

아스크는 칼토르 후작이 자신에게 관심을 보이는 걸 뻔히 아는데도 무시했다.

무언가 이상하다는 것을 칼토르 후작이 느꼈을 때, 아르디엔이 입을 열었다.

"그는 아스크 니플헤임이라고 합니다."

"아, 그런가? 한데… 니플헤임이라… 어디서 많이 들어본 성인데."

칼토르 후작의 말에 리호른 백작과 레이먼 백작, 그리고 베르체스도 골똘히 생각에 빠졌다.

그러다 네 사람의 눈이 일시에 휘둥그레졌다.

그들은 누가 먼저랄 것도 없이 입을 맞춰 소리쳤다.

"루틴 니플헤임!"

아르디엔이 고개를 끄덕였다.

"맞습니다. 그는 마도국의 국왕 루틴 니플헤임의 아들이자 왕자입니다."

베르체스가 매서운 시선으로 아스크를 노려보았다.

"왜… 마도국의 왕자가 여기 있는 거죠? 마도국과 그라함 왕국이 전쟁을 일으키는 이 시점에?"

베르체스의 톡 쏘는 말투에 아스크가 피식 웃었다.

"내가 여기에 끼어서 가만히 있는 게 이상해? 왜? 몇 놈 모가지라도 분질러 줄까?"

"그럴 능력이 되었다면 이미 그렇게 했겠죠. 능력이 안 되니 얌전히 있는 거 아니겠어요? 잡소리 집어치우고 내 물음에 대답이나 하죠? 아, 그쪽은 딱 봐도 신사적이라는 단어와는 거리가 멀어 보이네요. 풀어서 말해줄까요? 머리보다 몸을 먼저 쓰는 야만적인 사람인 것 같다구요. 그런 저급한 사람이랑 말을 섞어봤자 입만 아플 테니, 차라리 하멜 후작님께서 설명해 주시겠어요?"

베르체스의 독설이 폭포수처럼 터져 나왔다.

아스크의 입가에 서늘한 미소가 걸렸다.

"네 혀… 참 예쁜 거 같아. 잘라서 가져가고 싶을 만큼."

아르디엔의 주변에서 다크 마나가 폭출되어 일렁였다.

"그전에 당신 모가지가 부러질 걸."

베르체스의 주변으로 물, 불, 바람, 땅의 상급 정령 네 마리가 소환되었다.

두 사람이 물러서지 않고 팽팽한 기 싸움을 벌였다.

일촉즉발의 상황!

삼대 성군과 하멜 후작가의 사람들도 만약의 사태를 대비하며 자신의 무기에 손을 가져갔다.

한데 그때.

화아아아아악!

숨막히는 기운이 아스크를 뒤덮었다.

"큭!"

아스크가 아르디엔을 노려보았다.

"다크 마나를 거둬라, 아스크."

아스크는 이 기운이 무엇인지 아주 잘 알고 있다.

비욘드 소울.

극의를 본 자만이 다룰 수 있는 기운.

그것에 짓눌리면 손가락 하나 까딱하기가 힘들다.

아스크의 미소가 더욱 짙어졌다.

그럴수록 눈에서는 광기가 번들거렸다.

"다시 한 번 말한다. 다크 마나를 거둬."

"네가 내게 명령을 내릴 수 있는 위치라고 생각해?"

"아니."

아르디엔이 고개를 저었다.

쿠우우웅!

"크흑!"

아스크를 압박하던 비욘드 소울이 더욱 거대해졌다.

숨이 턱턱 막히고 심장이 터질 듯 옥죄었다.

아스크가 핏발 선 눈으로 아르디엔을 쏘아봤다.

아르디엔은 철저하게 무감정한 시선을 그에게 던지며 말했다.

"난 너를 제압할 수 있는 위치에 있다."

아스크의 주변에서 너울거리던 다크 마나가 더욱 거대해졌다.

하지만 덩치만 불렸을 뿐이다.

시간이 지날수록 다크 마나들은 힘을 잃어 아래로 축축 처졌다.

급기야 모든 다크 마나가 아스크의 몸 안으로 다시 갈무리되었다.

"하아아아."

아스크가 긴 한숨을 내쉬었다.

그리고는 피식 웃었다.

"그만 할게."

아르디엔이 비로소 비욘드 소울을 거두었다.

그 순간!

쐐에애애애액!

한줄기 다크마나가 베르체스의 미간을 향해 폭풍처럼 쇄도했다.

동시에 베르체스의 옆에서 또 다른 다크 마나가 날아들었다.

카카칵!

아스크의 다크 마나는 베르체스의 코앞에서 다른 다크 마나에 막혀 멈췄다.

아스크가 제피아를 바라보았다.

제피아의 왼쪽 가슴에서 다크 마나 한줄기가 길게 뻗어 나와 있었다.

제피아가 고개를 절레절레 저었다.

"말썽 일으키지 말거라, 아스크."

아스크가 코웃음을 쳤다.

"하여튼 사방에 맘에 안 드는 인간들뿐이야."

그때 날카로운 기운이 아스크의 지척에서 느껴졌다.

고개를 돌리니, 오러가 어린 시퍼런 검 끝이 아스크의 미간을 노리고 있었다.

검을 들고 선 이는 베르체스의 아비인 칼토르 후작이었다.

"너는 또 뭐야?"

아스크가 귀찮다는 어투로 물었다.

칼토르 후작의 부릅뜬 두 눈에 분노가 일렁였다.

"다시 한 번 그따위 짓거리를 한다면, 네놈의 골을 갈라놓을 것이다."

"네가? 할 수 있을 것 같아?"

아스크는 칼토르 후작이 가소로웠다.

두 사람의 시선이 격하게 부딪혔다.

베르체스도 몸을 일으켰다.

그녀의 상급 정령 네 마리는 아직 정령계로 돌아가지 않았다.

다시 날카로운 기류가 막사 안에 감돌았다.

결국 아르디엔이 다시 나사려던 찰나.

"재미없네."

아스크가 다크 마나를 거두어 들였다.

벌떡 일어선 그는 칼토르 후작의 어깨를 툭 치고 지나갔다.

"화기애애한 소꿉놀이는 너희들끼리 해."

아스크는 미련 없이 막사를 나갔다.

그 뒷모습을 보며 마리엘은 얼마 전에 있었던 사건을 떠올렸다.

Chapter 02
마리엘 VS 아스크

아르디엔 전기

게르갈드가 그라함 왕국에 전쟁을 선포하기 보름 전.

하멜 후작가에는 한바탕 작은 전쟁이 휘몰아쳤었다.

그날은 이른 새벽부터 비가 내렸다.

아르디엔은 이틀 전 이르베스로 떠나 돌아오지 않았다.

그리고 레인보우 펍 본점은 쉬는 날이었다.

아르디엔도 없고, 펍은 쉬고, 비는 내리고.

할 일이 없어 심심해진 아로아는 하멜 후작가에서 조촐한 파티를 열기로 했다.

아로아와 친근한 사람들에게 이런 소식을 전하는 건 어렵지 않았다.

그녀의 손에 채워진 반지가 통신망 역할을 해주기 때문이다.

그 반지는 라미안이 만든 것으로 하멜 가문의 주요 인물들의 손가락에 모두 착용되어 있었다.

텔레포트 마법이 인챈트 된 반지를 만드는데 시간이 더 걸릴 것 같다며, 2차로 다시 만들어 준 아티팩트 반지였다.

처음의 반지는 체이스 마법이 인챈트되어, 세 번 두들기면 반지를 낀 모든 이들에게 자신의 위치가 각인되어지는 기능이 전부였다.

그런데 이번 반지는 거기에 더해서 텔레파시 마법도 인챈트 되어 있었다.

텔레파시 마법을 시전하기 위해서는 반지를 두 번 빠르게, 한 번 느리게 두들기면 된다.

아로아는 저택의 홀로 향하며 반지를 두들겼다.

타닥. 탁.

반지가 한 차례 빛을 발하고 난 뒤, 아로아가 자신의 생각을 전했다.

─오늘 하멜 후작가에서 조촐하게 파티라도 할까 하는데, 다들 시간 어때?

가장 먼저 대답을 해온 건 아르디엔이었다.

―주인도 없는 집에서 파티라.

그의 음성이 아로아를 비롯, 반지를 찬 다른 모든이의 머릿속에서 웅웅거렸다.

뒤이어 마리엘의 음성이 들려왔다.

―어차피 두 사람 결혼하면 안주인 되는 건 아로아잖아? 무슨 상관이야?

―파티 좋아~!

―저도 좋아요~!

마리엘의 말미에 케이아스와 레나가 끼어들었다.

―그렇다는데 아르디엔?

아로아가 놀리듯 아르디엔에게 말했다.

―어쩔 수 없군. 깨끗하게 치워만 놔.

아르디엔의 허락이 떨어졌다.

아로아는 이르베스에 있는 마렉을 제외한 케이아스, 레나, 라미안, 크라임, 마리엘, 디스토, 제피아, 아스크, 시긴을 초대했다.

다들 두 말 없이 좋다며 초대에 응했다.

하지만 정작 저택에 머물고 있는 아스크와 제피아, 시긴은 참석의사를 밝히지 않았다.

아스크가 사람들과 마주치는 걸 그다지 좋아하지 않았기 때문이다.

아로아는 이런 기회에 친목을 다져 놓아야 하니 꼭 홀로 나오라 아스크에게 이른 뒤, 본격적으로 파티를 준비했다.

하멜 후작가의 하인들에게 식료품창고에서 각종 식재료들을 가져오게 했다.

그리고 홀을 파티 분위기에 맞도록 꾸며 달라 부탁했다.

이후엔 하멜 후작가에 머무는 주방장들과 함께 파티 요리들을 만들었다.

하멜 후작가에서 일등 주방장을 맡고 있는 이는, 레인보우 펍 1호점에서 아로아의 조수로 일하던 디노였다.

때문에 호흡이 착착 맞았다.

빠르게 만들어진 각종 요리들이 홀의 테이블 위에 쫙 깔렸다.

아로아의 초대를 받은 이들은 하나둘 홀에 모습을 드러냈다.

모든 요리들이 세팅되었을 땐, 대부분의 사람이 자리를 해주었다.

하지만 아스크와 시긴의 모습은 보이지 않았다.

제피아가 사정을 설명했다.

"아직까지는 자네들이랑 어울리는 게 불편한 모양이네."

제피아의 말에 아로아는 양팔을 걷어 올렸다.

"제가 직접 가서 얘기해 볼게요."

"좋은 생각이 아닌 것 같네."

제피아가 고개를 저었다.

하지만 아로아는 어지간해선 막을 수 없는 여인이다.

"이런 식으로 계속 혼자서만 지내는 게 더 안 좋아요."

아로아가 성큼성큼 걸어 아스크의 방에 다다랐다.

똑똑똑!

노크를 하고 기다렸으나 들려오는 대답이 없었다.

쾅쾅쾅!

이번엔 주먹으로 때렸다.

그제야 아스크의 음성이 들려왔다.

"뭐야."

"아로아에요."

"그래서?"

"나오세요. 음식 다 차려놨어요."

"고기를 다진 음식도 있나?"

"물론이죠."

"그 음식처럼 다져지고 싶지 않으면 꺼져."

"그렇게 얘기하면 제가 겁먹기라도 할 줄 알았나 보죠? 빨리 나와요!"

콰앙!

이번엔 발로 문을 걷어찼다.

잠시 침묵이 이어졌다.

이어, 문이 벌컥 열렸다. 열린 문 너머로 오싹한 미소를 머금은 아스크가 보였다.

"목숨이 열 개는 되나보지?"

"성격 모난 게 딱히 자랑은 아니거든요? 동네방네 내 성격이 모양이라고 떠벌리고 다닐 생각 아니면 얌전히 따라오시죠?"

"진짜 죽여 버린다, 너."

"그 말투도 좀 어떻게 안 되겠어요?"

"농담하는 게 아니야."

"죽이려면 죽일 수 있겠죠. 하지만 지금은 날 죽일 마음이 요만큼도 없잖아요."

맞는 말이었다.

아로아를 죽이면 아스크는 아르디엔에게 원수가 된다.

그러면 마도국에게 복수를 하고, 왕좌에 앉겠다는 계획 역시 물거품으로 돌아간다.

지금은 아르디엔의 도움이 필요했다.

아쉬운 건 아스크였다.

"정말 마음에 안 드는 계집이야."

아스크가 못 이기겠다는 듯 고개를 저으며 방을 나섰다.

그리고는 홀을 향해 걸었다.

그러자 어딘가에서 나타난 시긴이 아스크의 뒤를 따르며 호위했다.

"깜짝이야. 귀신인줄 알았네."

시긴의 느닷없는 등장에 놀란 아로아가 가슴을 쓸어내렸다.

그리고서는 이내 미소 지으며 두 사람을 따라 걸었다.

*　　　*　　　*

초대를 받은 모든 사람이 홀에 모여 파티를 즐겼다.

하지만 즐기는 것과 거리가 멀어 보이는 사람이 둘 있었으니 아스크와 시긴이었다.

아스크는 사람들과 멀찍이 떨어진 창가에 앉았다.

그리고서는 내내 비 내리는 창밖만 쳐다보았다.

절대 다른 사람들에게 시선을 주지 않았다.

시긴은 그런 아스크의 곁에 서 있었다. 그는 갖가지 음식이 담긴 접시를 들고 있었다. 하지만 자신이 먹을 건 아니었다. 접시에 담긴 음식들은 하나같이 아스크가 좋아하는 것들이었다.

하멜 후작가의 사람들은 그런 아스크에게 굳이 다가가지 않았다.

이미 하멜 후작가에 투항한 이상 나쁜 감정은 없었다. 그렇다고 없던 좋은 감정이 생기는 것도 아니었다.

결국 제피아가 나섰다.

아스크의 곁으로 다가가자 시긴이 고개를 조아렸다.

"아스크."

머핀 하나를 씹던 아스크가 제피아를 슥 바라봤다.

"경치가 썩 좋지도 않은데, 계속 밖만 보고 있구나."

"저쪽보단 훨씬 나은데요."

아스크가 홀 중앙을 눈짓했다.

"사람들과 좀 어울려 보지 그러느냐."

"제가 말했죠. 아버지 노릇 하지 말라고."

"아버지 노릇이 아니다. 너보다 오래 산 사람으로서 하는 말이다."

"나 위아래 없기로 유명한 놈이었는데."

"이 나라에서도 네가 왕자인 것 같느냐?"

아스크가 버릇처럼 피식 웃었다.

"마음에도 없는 짓 할 생각 없으니까 그냥 가요."

"아스크."

"신경질 날라 그러니까 그냥 가라고 했어요."

"……."

제피아의 가슴이 먹먹해졌다.

아무리 자기 손을 타지 않은 자식이라고 하지만, 이렇게까지 비뚤어지게 성장했을 줄은 몰랐다.

제피아가 무슨 말을 더 하려다가 그냥 돌아서려 할 때.

"아까부터 보자보자 하니까 가관이네, 정말."

마리엘이 다가왔다.

아스크의 시선이 제피아에게서 마리엘에게로 옮겨갔다.

"뭐야?"

아스크가 퉁명스럽게 물었다.

마리엘이 제피아를 지나쳐 아스크의 지척까지 다가섰다.

그러자 시긴이 마리엘의 앞을 막았다.

"아저씨랑 할 얘기 없으니까 비키시죠?"

시긴이 고개를 저었다.

"그럴 수 없다."

그때 아스크가 손짓을 했다.

"비켜, 시긴."

"아스크님."

"비키라고. 무슨 얼빠진 얘기를 하려는 건지 들어나 보게."

시긴이 마지못해 비켜섰다.

사실 시긴은 마리엘에게서부터 아스크를 보호하려던 게 아니었다.

파티 자리에서 괜한 분란이 이는 게 싫었던 것이다.

　제피아와 시긴이 불안한 시선을 주고받았다.

　"파티에 참여 안하는 건 상관없어. 어차피 나도 즐거운 자리에 불편한 사람 있는 거 별로니까. 그런데 제피아가 아빠라며?"

　"그래서?"

　"말버르장머리가 그게 뭔데?"

　"부자간의 일에 정신 못 차리고 끼어드는 건 뭔데?"

　"자식새끼가 이 정도로 막 나가면 지나가던 사람이라도 끼어들 것 같지 않아?"

　"오지랖 적당히 부려. 그러다가 모가지 부러진다."

　"누가 누구 모가지를 부러뜨린다는 거야?"

　"셋 센다. 그전에 꺼져라."

　"싫다면?"

　"하나."

　"웃기고 있네, 진짜."

　"둘."

　"계속 해봐."

　"셋."

　아스크의 몸에서 다크 마나가 폭출되었다.

　쐐애애애액!

줄기처럼 뿜어진 수십 개의 다크 마나가 마리엘에게 날아들었다.

그대로 있다간 벌집이 될 상황이다.

순간 마리엘이 사라졌다.

뇌파 능력인 공간이동이다.

사라진 마리엘은 아스크의 뒤에서 나타났다.

그녀의 손이 허리춤을 쓸고 올라갔다. 손에는 어느새 작은 단검이 들려 있었다.

그것을 아스크의 뒷목을 향해 찔렀다.

카캉!

하지만 채찍처럼 휘둘러진 다크 마나가 이를 막았다.

이어 다크 마나의 줄기들이 마리엘의 사방에서 휘몰아쳤다.

그 순간 마리엘은 다시 사라졌다.

그리고 아스크의 머리 위에서 모습을 드러냈다. 정수리에 단검을 박아넣을 셈이다.

하나, 이미 마리엘의 위치를 파악한 아스크가 몸을 뒤로 뺐다. 동시에 다크 마나가 마리엘에게로 날아갔다.

마리엘은 이번에도 공간이동으로 이를 피했다. 그녀는 다시 아스크의 뒤를 노렸다.

하지만 아스크는 이미 그녀의 의중을 파악하고 있었다.

"아이스 캐논."

마리엘이 아스크의 뒤에 나타나자마자 새하얀 광선이 쏘아졌다.

그것이 마리엘의 몸에 적중하는 순간, 그녀의 전신이 두꺼운 얼음으로 뒤덮였다.

얼음 동상이 되어 굳어버린 마리엘.

그녀의 몸이 뒤로 넘어가려 했다.

시긴이 얼른 그것을 받아냈다.

비스듬하게 눕혀져 시긴의 품에 상체를 지탱하게 된 마리엘의 모습은 기괴했다.

얼음 속에 갇힌 그녀는 눈을 뜬 채 입을 쩍 벌리고 있었다.

아스크가 그런 마리엘을 보며 키득거렸다.

"생각 같아서는 다른 마법으로 죽여 버리고 싶었지만……."

아스크의 시선이 제피아에게 향했다.

"일 크게 키우면 나보다 난처해할 양반이 있어서 이쯤 할게. 얼음은 너희들이 알아서 깨."

자기 할 말만 늘어놓은 아스크가 홀을 나가려 걸음을 옮겼다.

한데, 분노에 가득 찬 굵직한 음성이 그를 멈춰 세웠다.

"이미 일은 크게 키워버린 것 같군."

아스크가 뒤돌아섰다.

크라임이 무서운 기도를 풍기며 아스크를 노려보고 있었다.

"아~ 남자 친구였지?"

"사지 멀쩡하게 돌아가지는 못할 거다."

"그런 말은 나보다 강한 놈만 할 수 있어."

아스크가 비린 미소를 머금었다.

두 사람이 대적하는 사이 라미안이 얼른 마법을 시전해 마리엘이 갇힌 얼음을 녹였다.

"하아악."

마리엘이 가쁜 숨을 토해내며 그대로 쓰러졌다.

"하아! 하아!"

"마리엘, 괜찮아요?"

마리엘이 아스크를 씹어죽일 듯 노려보았다.

"아니, 전혀. 저 새끼 모가지 비틀지 않으면 평생 괜찮지 않을 것 같아."

그녀가 허리에 찬 채찍을 풀어 크라임의 곁에 가서 섰다.

"마리엘, 빠져."

"같이 해."

"…그래."

아스크가 고개를 저었다.

"둘이 덤비면 뭐가 달라질 것 같아?"

그의 전신에서 다시 다크 마나가 흘러나왔다.

이렇게 된 이상 싸움은 막을 수가 없었다.

시긴이 우려하던 일이 벌어지고 말았다.

제피아를 비롯, 다른 일행의 얼굴이 흙빛으로 변했다.

그 와중에 케이아스만 싱글벙글거리고 있었다.

마치 재미있는 장난감을 발견한 듯한 어린이의 표정과도 같았다.

시긴이 잠시 고민하다 아스크의 곁에 가서 섰다.

그러자 아로아가 소리쳤다.

"시긴! 어쩔 셈이죠?"

"내 임무는 처음부터 끝까지 왕자님의 호위다."

"그래서 같이 싸울 거라는 얘기인가요?"

"어쩔 수 없는 상황이니까."

"하아."

아로아의 이마가 지끈거려왔다.

단합하자고 마련한 자리가 엉망이 되어 버렸다.

"저기 네 분~ 싸우지 말고 그냥 술한잔 나눠 마신다음 친하게 지내면 안 될까요?"

레나가 말했지만, 누구도 그녀의 말을 듣지 않았다.

"아… 레나, 무시당했어요."

케이아스가 그런 레나의 머리를 쓰다듬었다.

"놔둬. 다 싸우면서 크는 거야."

케이아스의 말이 끝나는 순간.

콰아아아아아앙!

엄청난 굉음과 함께 충격파가 터져 나갔다.

크라임과 레나, 그리고 아스크와 시긴이 맞붙었다.

*　　　　*　　　　*

처음에는 마리엘과 아스크의 싸움이었다.

거기에 크라임과 시긴이 끼어들었다.

한데 시간이 갈수록 점점 싸움의 규모가 커졌다.

마리엘과 크라임이 다치는 걸 그냥 보고만 있을 수 없었던 라미안이 가끔 보호 마법을 시전해, 아스크의 공격을 막은 것이다.

이에 아스크는 마리엔에게도 무서운 마법을 퍼부었다.

그러자 라미안도 공격 마법을 시전했다.

2대2의 싸움이 3대2가 되어버리니 아스크 쪽이 밀리기 시작했다.

결국 끝까지 방관만 하려 하던 제피아가 아스크를 돕게 되었다.

싸움은 3대3이 되었다.

케이아스와 디스토, 레나만이 그들의 싸움에 끼어들지 않았다.

사실 케이아스도 한참 전부터 몸이 근질거렸다.

그러나 혹여라도 레나가 싸움의 여파에 다칠 것을 염려해 그녀의 곁에 꼭 붙어 있었다.

디스토는 한참 동안 여섯 사람의 전투를 지켜보다가 홀이 무너지는 순간, 욕을 내뱉으며 자리를 떴다.

*　　　*　　　*

싸움은 반나절 동안 이어졌다.

여섯 사람은 지칠 대로 지쳤다. 저택의 반이 완전히 날아갔다. 연무장과 정원도 엉망이 되어 버렸다.

다른 건물에서 튀어나온 하멜 후작가의 기사와 병사들은 감히 그들의 싸움에 끼어들지 못한 채 안절부절이었다.

피아를 확실히 구분 지을 수 없었기 때문이다.

모두가 하멜 후작가의 사람이었다.

사실 누군가가 착용하고 있는 반지로 아르디엔을 불렀다면 일이 이렇게까지 커지지는 않았을 것이다.

하지만 아무도 아르디엔을 부르지 않았다.

싸움이 이는 것을 가장 원치 않았던 아로아 조차도 말이다.

다들 알고 있었다.

한번은 겪어야 하는 일이라는 것을.

마음속에 자리한 갈등은 터뜨려야 한다.

터지지 못하고 시간이 흐르면 더욱 골이 깊어지고, 갈등은 끝도 없이 커진다.

그때 가서 터진다면 정말로 돌이킬 수 없는 상황이 벌어질지도 모른다.

긴 싸움으로 만신창이가 된 여섯 사람은 마나와 오러가 모두 고갈되어 소강상태에 빠졌다.

서로가 서로를 노려볼 뿐, 이렇다 할 공격을 가하지 않았다.

케이아스가 그들을 보며 빙그레 웃었다.

"서로 봐주면서 싸웠어."

레나가 눈을 동그랗게 떴다.

"저게 봐준 거라구요?"

"응. 안 그랬으면 벌써 서너 명은 죽었을 걸?"

그의 판단이 옳았다.

크라임은 서열 1위 어쌔신 흑제 일레인을 제압하고, 새로이 서열 1위의 자리를 꿰찬 인물이다.

라미안은 7서클의 백마법사다.

마리엘은 한때 페르소나 뱅가드의 기사였고, 지금은 그때보다 더욱 강해졌다.

제피아는 8서클의 흑마법사였고, 아스크는 7서클, 시긴은 6서클의 흑마법사다.

이런 엄청난 인물들이 전력을 다해 붙었는데 모두가 살아있다는 건 어불성설이었다.

만약 제피아가 작정하고서 8서클의 공격 마법을 퍼부었다면 이미 크라임과 마리엘, 라미안은 시체가 되어 있었을 것이다.

제피아는 7서클 급의 마법만을 구사했다.

라미안은 되도록 회복과 방어 계열의 마법을 시전했다.

아스크 역시 광범위 공격 마법을 시전하지는 않았다.

그것은 시긴도 마찬가지였다.

크라임도 최선을 다해 싸운 건 아니었다.

서로가 서로를 죽일 마음은 애초부터 없었다.

녹초가 되어 숨을 헐떡이던 아스크는 바닥에 침을 탁 뱉었다.

"재미없어."

그가 미련 없이 몸을 돌려 엉망이 된 정원을 가로질렀다.

시긴이 그의 뒤를 따라 움직였다.

두 사람이 하멜 후작가에서 나가고 난 뒤, 비로소 날카로운 기류가 잦아들었다.

제피아는 마리엘과 크라임, 그리고 라미안에게 다가와 고개 숙여 사과했다.

"미안하네. 어쩔 수 없었네."

"아니, 이해합니다. 제피아님께서 상황을 봐주었다는 걸 알고 있습니다."

크라임이 대답했다.

제피아가 관좌놀이를 꾹 눌렀다.

"자식새끼 교육시키기가 참 힘이 드는군."

그때 아로아가 입을 열었다.

"그런데… 저택은 어쩌죠?"

모든 사람이 꿀 먹은 벙어리가 되었다.

"일단은 하멜 후작님이 오기 전에 그럴듯한 변명거리를 만들어 놓는 것이……."

제피아가 말을 하는데, 뒤에서 낯익은 음성이 들려왔다.

"내가 오기 전에 어떤 변명거리를 만들어 놓으려는 건가?"

제피아의 몸이 목석처럼 굳었다.

그는 차마 뒤를 돌아볼 수가 없었다.

덩달아 다른 이들도 꿀 먹은 벙어리가 되었다.

"아하하하하하하! 진짜 재미있다!"

오로지 케이아스만 박수를 치며 좋아했다.

Chapter 03
마레타히트 전(戰)

아르덴 전기

마레타히트에 아침이 밝았다.

전날 밤, 하멜 후작가의 막사에서 있었던 작은 소동은 아스크가 먼저 자리를 피함으로써 큰 사건으로 번지지 않고 정리되었다.

잠에서 깬 병사들이 각 군대 장수의 지휘하에 모닥불에 장작을 던져 놓고서 아침을 준비하기 시작했다.

한 시간쯤이 흐르자 진영 전체에 맛있는 냄새가 가득 퍼져 나갔다.

다들 배를 넉넉히 채우고 난 뒤에는 무장을 재정비한 후,

휴식을 취했다.

그렇게 해가 떨어지며 밥을 두 번 더 지어먹은 다음, 드디어 게르갈드의 군대가 저 멀리서 먼지를 일으키며 다가오는 것이 보였다.

두웅! 두웅! 두웅!

요란한 북소리가 마레타히트를 쩌렁거리며 울렸다.

20만의 대군이 각자 정해진 위치에서 무기와 방어구를 절도 있게 들고 정면을 주시했다.

서쪽 국경 관문 마레타히트의 성루는 그라함 왕국의 병사들로 빼곡했다.

마도국의 병사들은 마레타히트가 눈에 확연히 들어오는 위치까지 와서 진군을 멈추었다.

두 나라의 병사가 대치하며 어마어마한 전운이 감돌았다.

마도국 군단의 선두에 선 루틴은 한동안 아무 말도 없이 마레타히트의 성루를 바라보기만 했다.

성루 위엔 삼대 성군과 하멜 후작가의 사람들이 모두 올라와 있었다.

아스크와 시긴, 그리고 제피아도 당연히 성루에 서서 마도국 군단을 내려다보는 중이었다.

아스크는 시력을 극도로 높여 주는 마법, 호크 아이를 시전했다.

한데 그 순간 루틴도 호크 아이를 시전했다.

아스크와 루틴의 시선이 허공에서 맞부딪혔다.

그에 루틴의 눈에서 불똥이 튀었다.

반면 아스크는 입꼬리를 확 말아 올렸다.

"그래, 여기서 승부를 보는 거야."

아스크는 모든 전쟁의 결과가 이곳 마레타히트에서 결정될 것이라 생각했다.

다른 이들도 아스크와 비슷한 생각을 하고 있었다.

이유는 마도국 군단의 머리 위에서 날개짓을 하고 있는 본 드래곤 때문이었다.

전쟁의 승패는 본 드래곤을 제압할 수 있느냐 없느냐로 판가름날 것이다.

그라함 왕국의 최정예 장수들이 모인 마레타히트에서 본 드래곤을 제압하지 못한다면, 이후에도 제압할 수 없다.

그럼 전쟁은 게르갈드의 승리인 것이다.

하지만 본 드래곤을 잡는다면, 그 다음부터는 충분히 승산이 있었다.

수적으로도 우세했고, 빛의 탑 마법사들 전부가 동원되어 전쟁에 힘을 빌려주고 있었으며, 무엇보다 하멜 후작가의 저력이 대단했기 때문이다.

이미 그라함 왕국 내에서 하멜 후작가는 패왕의 가문이라 불리우고 있었다.

한 가문에 그토록 많은 인재들이 함께 하기란 쉬운 일이 아니다.

그런데 하멜 후작가엔 뛰어난 이들이 많다.

한 명 한 명이 이미 영웅이라 부르기에 손색없는 수준이었다.

게다가 하멜 후작가가 그라함 왕국을 위기에서 구한 게 한두 번이 아니니, 그 위세는 더더욱 하늘을 찌를 듯 높아져만 갔다.

이번 전쟁에서도 그라함 왕국의 시민들은 하멜 후작가를 가장 크게 믿고 있었다.

그들이 나서준다면 어떻게든 이 전쟁을 승리로 이끌어 줄 것 같았다.

휘이이이이잉—

11월의 차가운 바람이 불었다.

하지만 그라함 왕국의 병사들은 추위를 느낄 수 없었다.

바람 보다 그들이 처한 상황이 더 추웠다.

전운은 점점 무겁고 거대해져 갔다.

누구도 입을 열지 않았다. 숨소리마저 잦아들었다.

곳곳에서 마른침 넘기는 소리만이 정적을 깼다.

침묵, 침묵, 그리고 또다시 침묵.

침묵이 깨어지지 않을 듯 끝없이 이어지던 어느 순간.

루틴이 한 손을 살짝 올렸다.

그러자 루틴의 뒤에 서 있던 어둠의 사자 수장인 리로이가 깃발이 매어진 창을 높이 들어 수기신호를 보냈다.

그와 동시에 다른 깃발들 수백 개가 차례대로 솟구쳤다.

"짓밟아라."

루틴의 나직한 음성이 흘러나왔다.

"용병군단 돌격!"

리로이가 창을 좌우로 흔들며 크게 소리쳤다.

그에 7만의 용병단이 흑마법사들을 지나쳐 앞으로 달려 나갔다.

이어 리로이가 다시 외쳤다.

"키메라 군단 돌격!"

이번에는 창을 앞뒤로 흔들었다.

수기신호를 받은 키메라 군단장이 다시 돌격 앞으로! 소리쳤고 7만의 키메라 군단이 뛰쳐나갔다.

총 14만의 병사가 돌격대로 투입되었다.

전략적으로 봤을 때 무모하다 싶을 정도로 무방비였다.

하지만 그들에겐 5만의 흑마법사가 있었다.

리로이는 흔들던 창을 왼쪽으로 비스듬히 세웠다.

"흑마법사 1사단부터 7사단까지 돌격 부대를 비호한다! 8사

단부터 10사단은 마레타히트 성벽을 공격한다!'

흑마법사들은 모두 말을 타고 있었다.

그들은 애초에 말을 타면서도 마법의 운용이 자유롭도록 훈련을 받아왔다.

5만의 흑마법사단이 앞서 간 14만의 병사 뒤에 붙어 말을 달리기 시작했다.

여기저기서 검은 마나가 너울거렸다.

14만의 병사들은 민첩성과 힘이 몇 배 이상 강해졌다.

물리공격과 마법 공격을 막아주는 배리어, 매직 실드까지 그들의 몸을 검은 빛으로 둘러싸 지켜주었다.

진격하는 무리의 맨 뒤에 따라붙은 1만 5천의 흑마법사들은 열심히 공격마법의 공식을 외워두었다.

언제라도 마레타히트 성벽이 사정권에 들어오면 마법을 시전하기 위해서다.

아직 전장에 나서지 않은 건 3만의 키메라 군단과 루틴, 어둠의 사자 삼백 명, 그리고 본 드래곤이었다.

3만의 키메라 군단은 보통의 키메라와는 달랐다.

그들은 겉보기엔 흑마법사단과 별 다를 게 없었다.

하지만 진가는 그들이 죽는 순간 드러난다.

3만의 키메라들은 버닝 소울이었다.

영혼이 죽임을 당하면, 그 안에 합성시켜 놓았던 또 다른 영혼이 눈을 뜬다.

바로 악령들이다.

그 악령들을 제대로 다스리기 위해서는 버닝 소울 실험에 참가한 사령술사 자메인의 힘이 절대적으로 필요했다.

그래서 버닝 소울 키메라군단을 이끄는 단장은 바로 자메인이었다.

자메인이 루틴의 곁으로 다가왔다.

본래라면 어둠의 사자가 아닌 이상 함부로 루틴의 곁에 다가와선 안 된다.

다른 이였다면 이미 리로이에게 제재를 당했을 것이다.

어쩌면 이미 목이 떨어졌을지도 모른다.

하지만 자메인은 예외였다.

그는 애초에 마도국의 사람이 아니었다.

출신 국가가 어디인지 자메인이 본명은 맞는지, 올해 나이가 어찌되며 가족관계는 또 어떠한지, 그에 대해 밝혀진 사실은 아무것도 없었다.

그저 대륙최강의 사령술사라는 것이 자메인을 가장 잘 설명할 수 있는 말이었다.

아무튼 마도국 사람이 아닌데다 루틴이 인정하는 사령술사인만큼, 그는 서슴없이 루틴을 대할 수 있었다.

"폐하."

"아, 자메인. 버닝 소울들은 어떤가?"

"다들 최상의 컨디션입니다."

"후후. 자신들이 왜 키메라 군단이라 불리는지 의아해할 텐데."

버닝 소울 실험에 참여한 이들은 대부분 자신이 무슨 실험을 받은 것인지 정확히 알지 못한다.

가장 처음으로 버닝 소울이 되었던 전(前) 어둠의 사자 서열2위 보레아스만이 자신이 어떠한 실험을 받아, 어떤 상태에 이른 것인지 확실히 이해하고 있었다.

그 뒤 두 번째 실험체가 된 헤드로는 대략적인 설명만 들었을 뿐, 역시나 자세한 이야기는 알지 못했다.

이후부터 자메인은 위스덤 메이지 로스턴과 함께 수많은 버닝 소울을 만들어냈고, 그 수가 전쟁을 일으키기 전까지 삼만에 달했다.

버닝 소울이 된 이들은 그때까지도 그저 자신들이 뭔가 대단한 실험에 자원했다는 것만 알고 있을 뿐이었다.

그러다 전쟁에 징집되던 날.

자메인은 비로소 그들에게 버닝 소울이 무엇인지에 대해 인지시켰다.

모든 설명을 듣고 난 이들 중 괴물이 되었다고 좌절하는 이는 단 한 명도 없었다.

되레 그토록 큰 힘을 가지게 해준 것에 대해 홍분해 날뛰었다.

그러나 그들이 착각하는 게 있었다.

버닝 소울은 죽은 다음 한 번 더 생명을 얻어 악령의 형태가 되니, 그때의 자의식도 자기의 것이라고 믿고 있었다.

하지만 그렇지 않다.

버닝 소울의 각성은 악령의 영혼을 담은 이의 육신이 죽음에 이르면, 육신의 주인이었던 영혼을 태워버림으로써 악령의 혼에 힘을 주입하는 시스템이다.

즉, 버닝 소울이 된 흑마법사들은 완전히 죽어 없어지는 것이다.

영혼마저 소멸해 버리니 두 번 다시 환생이나 윤회를 할 수도 없게 된다.

말 그대로 완벽한 소멸.

그것만이 남는다.

이후부터는 흑마법사의 영혼을 집어 삼킨 악령이 활약할 뿐이다.

이를 모르는 흑마법사들은 버닝 소울이 되었다는 것에 엄청난 프라이드를 갖고 있었다.

지금도 그랬다.

전쟁이 벌어진 지금, 자신들만을 아껴두는 것을 보니 비장의 카드라도 된 것 마냥 기분이 좋았다.

"다들 제게 고마워하고 있습니다."

"그래? 얘기를 잘 했나 보군."

"생각보다 단순하더군요."

간단히 대화를 나눈 루틴과 자메인의 시선이 전장으로 향했다.

"그럼 축제를 즐겨볼까."

*   *   *

"적들이 몰려온다!"

누군가가 크게 소리쳤다.

그러자 여태껏 코빼기도 비추지 않았던 고르다스 대공이 느릿느릿 성루 위로 올라섰다.

고르다스 대공은 그라함 왕국의 국왕인 말레스 페나트리앙의 친형이자 레이먼 백작의 무술 스승이었다.

그를 발견한 레이먼 백작이 얼른 고개를 조아렸다.

"레이먼 스트라이더가 고르다스 대공 각하를 뵙습니다!"

그러자 늘어져라 하품을 하던 고르다스 대공이 미간을 찌푸렸다.

"이 녀석아, 간지럽게 뭐하느냐. 부르던 대로 스승님이라

하거라."

"가, 감히 제가 어찌……."

"감히? 너 지금 날 존경해서 대공 각하라고 부르는 게 아니지?"

"그게 무슨 말씀이십니까?"

"많은 사람 앞에서 스승님~ 스승님~ 하는 게 창피해서 그러는 거 아니냐. 내가 모를 줄 알고?"

"스, 스승님! 아니, 대공 각하……."

"쯧쯧. 아직도 그리 세상의 눈과 귀를 신경 쓰고 살아가니, 넌 한참 멀었다."

모처럼 스승과 제자의 감동적인 재회를 기대했던 레이먼 백작이었다.

그런데 돌아오는 건 타박뿐이니 마음이 조금 상했다.

하지만 레이먼 백작 곁에 있던 리호른 백작과 칼토르 후작은 그 상황이 재미있는지 껄껄 거리며 웃었다.

코앞에서 적들이 몰려 오는데 참 어울리지 않는 장면이었다.

한데 이상한 건, 그런 그들을 보는 다른 이들마저도 긴장이 조금씩 풀리고 있다는 것이었다.

이에 고르다스 대공의 입가에 잔잔한 미소가 맺혔다.

아르디엔이 멀리서 그런 고르다스 대공을 바라보며 생각

했다.

'역시 대단한 인물이군.'

전시에 돌입하면 긴장을 해야 하는 게 맞다.

하지만 필요 이상의 긴장은 전혀 도움이 되지 않는다.

고르다스 대공은 너무 얼어붙어 있는 병사들을 풀어주기 위해 일부러 넉살을 부린 것이다.

성루 위에 완전히 올라선 고르다스 대공이 그의 트레이드 마크인 철봉을 어깨에 턱 올려놓았다.

그리고 한 손을 이마 위에 붙인 채 대군이 몰려오는 평야를 살폈다.

"많이도 오는군. 저놈들은 크게 문제가 되지 않겠지만… 역시 저 녀석이 문제겠지? …본 드래곤."

본 드래곤은 아직 출정하지 않은 병사들 위에서 빙글 빙글 돌며 날갯짓을 해댔다.

고르다스 대공이 주변을 둘러보며 소리쳤다.

"하멜 후작은 어디 있는가!"

순간 아르디엔의 신형이 귀신처럼 사라졌다.

그리고 고르다스 대공의 바로 옆에서 나타났다.

"여기 있습니다."

"헉!"

갑자기 나타난 아르디엔의 모습에 고르다스 대공이 깜짝

놀랐다.

"이, 이렇게 도발적으로 나타나면 이 늙은이 심장 멎어 버린다네."

"죄송합니다. 상황이 시급하다 보니. 한데 어쩐 일로 찾으셨는지요?"

"잘 지냈는가?"

"물론입니다. 대공께서는 잘 지내셨습니까?"

"국왕 폐하께서 별의별 일을 다 맡기는 바람에 늘 잠이 부족하다네. 한데⋯ 저놈을 처리하지 않으면 잠이 부족하다고 핑계 댈 일은 없을 것 같구만. 이곳에서 영영 잠들게 될 테니."

고르다스 대공이 본 드래곤을 턱짓했다.

그리고 다시 말을 이었다.

"자네가 붙는다면 어떨 것 같은가? 승산이 있어 보이는가?"

고르다스 대공의 질문에 주변에 있던 모든 이들이 펄쩍 뛸 정도로 놀랐다.

상대는 본 드래곤이다.

마왕과도 맞먹는다는 드래곤을 되살린 존재다.

물론 살아생전의 힘을 그대로 다 발휘할 수는 없겠지만, 썩어도 준치라는 말이 있다.

클래스 자체가 다르다.

한데, 아르디엔 개인에게 본 드래곤을 상대로 승산이 있어 보이느냐 묻다니?

겉으로 표현 못했지만 병사들 중 몇몇은 고르다스 대공이 드디어 치매에 걸린 것이라 확신했다.

그런데 아르디엔의 대답이 더 가관이었다.

"드래곤과 붙어본 적이 없어서 잘 모르겠지만… 아무리 강하다 한들 일방적으로 당할 것 같진 않습니다."

이것으로 확실해졌다.

고르다스 대공이 치매에 걸린 게 아니라 하멜 후작이 미친 것이다.

대부분의 사람들이 그리 생각했다.

하지만 아르디엔은 조금도 미치지 않았다.

고르다스 대공이 미소 지었다.

"자네라면 그렇게 말할 줄 알았네."

고르다스 대공은 아르디엔을 처음 본 그 순간부터 맹신하게 되었다.

그에게는 남과 다른 무언가가 있었다.

어떠한 위기 속에서도 그가 있으면 모두 해결할 수 있을 것 같은 예감이 들었다.

그리고 그러한 예감을 고르다스는 무시하지 않았다.

무인은 무인을 알아보는 법.

고르다스는 십존 중 지존의 자리에 있다는 아티모르 역시 만난 적이 있었다.

하지만 아르디엔을 보는 순간 아티모르는 어린아이에 불과했다는 느낌이 강하게 들었다.

아르디엔은 인간의 영역을 초월한 사람이다.

지금 시간이 흘렀으니 또 얼마나 많이 성장했을지 궁금했다.

그때, 본 드래곤이 갑자기 선회해서 마레타히트를 향해 똑바로 날아왔다.

그에 지상에서 달려드는 이들만을 막으려 했던 병사들은 혼란에 빠졌다.

지상군들도 문제지만, 본 드래곤은 더욱 큰 문제였다.

아니, 그는 그 자체로 재앙이 될 수도 있는 존재다.

고르다스 대공이 아르디엔을 바라보며 말했다.

"부탁하겠네."

"알겠습니다."

대답을 한 아르디엔이 나타났을 때처럼 갑자기 사라졌다.

"거 참, 노인네 심장 멎어버린대도 계속 그러는군."

*   *   *

"우왕좌왕하지 마라! 우리는 지상군들을 상대한다! 마레타히트 밖으로 나가지 않고, 안에서 적들을 물리칠 것이다! 마레타히트를 사수하라!"

"궁병! 일제 사격!"

"제1 마법사단부터 제5 마법사단까지 엄호를! 나머지 마법사단들은 공격 마법을 시전하도록!"

게르갈드의 병사들이 사정권 내에 들어오자 궁병을 지휘하는 장수와 빛의 탑 소속 마법사단을 이끄는 매지션 마스터 헤르모드가 명을 내렸다.

하멜 후작가도 가만히 있지 않았다.

하멜 후작가 역시 마법사단이 있었다.

게다가 하멜 후작가의 마법사들은 빛의 탑 소속 마법사들보다 더욱 강했다.

라미안이 전수해 준 마나 사이펀 때문이었다.

사실 마나 사이펀은 빛의 탑 서열 3위인 노마법사 우르드가 개발하고 세상에 퍼뜨리게 된다.

하지만 미래를 알고 있는 아르디엔이 마나 사이펀의 묘리를 라미안에게 알려준 다음, 하멜 후작가의 마법사들에게 전수토록 했다.

마나 사이펀이 조금이라도 빨리 전수되어야 하는 것이 첫 번째 이유였고, 하멜 후작가의 힘을 키워야 하는 게 두 번째 이유였다.

마나 사이펀은 기존의 마법사들이 마나를 축적하는 방법보다 그 효과가 수십 배 이상 뛰어나다.

때문에 하멜 후작가의 마법사들 역량이 뛰어난 건 당연한 일이었다.

"전부 공격하세요!"

라미안이 지상에서 다가오는 마도국 병사들을 가리키며 외쳤다.

그러자 마법사들이 일제히 공격 마법을 시전했다.

뿌연 먼지구름을 일으키며 달려드는 마도국 병사들의 머리 위로 불기둥이 쏟아졌다.

대지에선 지진이 일며 땅이 갈라졌다.

갈라진 틈새로 용암이 솟구쳐 올랐다.

돌덩이를 동반한 거친 태풍이 일었고, 물기둥, 돌기둥이 여기저기서 날아들었다.

선두에 선 7만의 용병 중 1만이 순식간에 죽어 나갔다.

하지만 게르갈드도 당하고만 있지는 않았다.

그들에게도 5만의 흑마법사가 있었다.

사실 흑마법사의 보호 마법이 없었다면, 지금 죽어나간 용병은 1만이 아니라 2~3만은 되었을 것이다.

민첩성이 올라가고 매직 실드가 어지간한 마법들을 막아주었다. 배리어는 마법의 영향으로 파생되는 물리적 데미지를 감소시켰다.

더불어 흑마법사 1사단부터 7사단 까지는 계속해서 보호 마법을 시전하는 중이었다.

때문에 용병들의 피해가 반 이상으로 줄어든 것이다.

용병단과 키메라 군단의 뒤에 바짝 따라붙은 흑마법사들은 이제 일제히 공격 마법을 퍼부어 댔다.

기본적으로 공격 마법은 백마법사들 보다 흑마법사들이 위력적이다.

동일한 서클의 백마법사와 흑마법사가 똑같은 공격 마법을 시전하면 밀리는 건 백마법사 쪽이다.

그만큼 흑마법사들은 공격 마법에 특화된 이들이다. 대신 보호 마법의 위력은 백마법사들 보다 떨어진다.

그런 흑마법사 5만이 마레타히트의 성벽에다 일제히 마법을 시전했다.

마레타히트의 성벽은 강철로 만들어진 게 아니다.

아무리 높고 두껍다 해도 결국 돌로 만들어졌다.

강력한 충격이 계속해서 이어지면 무너지고 만다.

성벽이 무너진 관문은 더 이상 관문이라고 할 수가 없다. 제 역할을 못하기 때문이다.

이에 라미안은 성벽 주변으로 거대한 매직 실드를 전개했다.

"그레이트 매직 실드!"

그녀가 시전어를 외치며 성벽에 손을 댔다.

그녀의 손에서 시작된 빛이 성벽으로 옮겨갔다. 빛은 빠르게 퍼져 성벽 전체를 감쌌다.

그와 동시에 갖가지 마법들이 성벽에 작렬했다.

콰앙! 쾅쾅! 콰아아아앙!

엄청난 충격에 지진이라도 난 듯 성벽이 마구 흔들렸다.

하지만 무너지진 않았다.

그레이트 매직 실드가 마법의 데미지를 대부분 흡수하고 있었다.

그 무렵 본 드래곤은 마레타히트의 성벽에 거의 다다랐다.

본 드래곤을 노려보던 아르디엔이 라미안에게 소리쳤다.

"라미안! 레비테이션!"

"네! 레비테이션!"

레비테이션은 공중부양 마법이다.

라미안의 아르디엔에게 레비테이션을 시전해 주었다.

아르디엔의 몸이 허공으로 두둥실 떠올랐다.

그는 이번엔 하멜 후작가의 다른 장수들에게 소리쳤다.

"본 드래곤은 내가 맡을 테니, 너희들은 성루 아래로 내려

가 게르갈드의 병사들과 싸워라! 라미안! 하멜 후작가의 마법
사들은 보호 태세를 전환해 장수들을 보호한다! 공격은 빛의
탑 마법사들에게 맡겨!"

"알겠어요!"

그때 아르디엔의 머리 위에 거대한 그림자가 드리워졌다.

"보, 본 드래곤이 다가왔다!"

"으, 으아아아악!"

"대체… 얼마나 큰 거야…….."

본 드래곤이 가까이 온 것만으로도 겁을 집어먹은 병사들
이 공포에 떨었다.

아르디엔이 고개를 들었다.

어지간한 성채보다 더욱 큰 덩치를 자랑하는 본 드래곤이
태양을 가리며 떠 있었다.

크롸아아아아아아아아!

본 드래곤이 입을 쩍 벌리며 포효했다.

뼈다귀로만 이루어진 그의 몸이 갑자기 앞으로 기울더니
마레타히트의 성벽을 향해 낙하하기 시작했다.

이에 아르디엔의 신형이 쏜살처럼 튀어 나갔다. 그는 낙하
하는 본 드래곤의 머리로 다가갔다.

크롸아아아아아아아!

아르디엔이 가까이 오자 본 드래곤이 그 거대한 입을 쩍 벌

렸다.

날카로운 이빨 하나가 아르디엔의 몸만 했다.

한 번 물리는 순간 산산조각이 날 것마냥 위압적인 비주얼이었다.

하지만 아르디엔은 조금도 겁먹지 않았다.

아르디엔의 온몸에 오러가 어렸다.

콰직!

본 드래곤이 아드리엔을 물어뜯으려 했다.

하나, 아르디엔은 그것을 피하고 옆으로 돌아가 턱뼈를 주먹으로 가격했다.

뻐억!

본 드래곤의 거대한 머리가 옆으로 살짝 움직였다.

그러나 그게 다였다.

본 드래곤은 아르디엔을 무시하고서 계속 낙하했다.

아르디엔이 본 드래곤의 뒤로 날아가 꼬리뼈 끝을 잡았다. 두 손에 힘을 꽉 주고 확 당겼다.

빠르게 낙하하던 본 드래곤의 속도가 살짝 줄어들었다. 하지만 본 드래곤은 여전히 성벽을 향해 다가가고 있었다.

아르디엔의 양 팔에 힘줄이 불뚝 거리며 튀어나왔다.

그가 더욱 힘을 주었다.

본 드래곤의 속도가 현저히 줄어들었다.

성벽 아래에서 이를 지켜보는 병사들이 혀를 내둘렀다.

본 드래곤보다 수백 배는 작은 사람 한 명이 이런 일을 해내다니!

하지만 안심할 때가 아니었다.

속도가 줄어든 것뿐이지 멈춰선 게 아니다.

아르디엔이 전력을 다해도 본 드래곤의 힘을 제압할 순 없었다.

"마리엘!"

아르디엔이 마리엘을 불렀다.

그와 거의 동시에 성루 위에 있던 마리엘이 사라졌다. 그녀는 본 드래곤의 꼬리뼈 위에 다시 나타났다.

꼬리뼈를 밟고서 그 끝에 있는 아르디엔에게 다가간 마리엘이 물었다.

"어떻게 해줄까?"

"하늘 높이 올려줘."

"얼마나 높이?"

"아주 높이."

"후작님도 같이?"

"물론."

"본 드래곤이 지상에 도착하기 전에 끝내버리겠다는 거야?"

"그래. 이 녀석은 날 거의 신경도 쓰지 않고 있어. 이래서는 싸움이 되질 않아."

"내가 보기엔 후작님이 본 드래곤을 위협할 만한 상대가 되지 않아서 무시당하는 것 같은데?"

"지금의 상태에서는 그렇겠지."

그 말이 무엇을 의미하는지 마리엘은 충분히 알 수 있었다.

"…반신의 경지에 들어서려는 거지? 데미갓이랬나?"

"그래."

"반신이 되면 승산이 있어?"

"물론."

"좋아, 그럼~."

마리엘은 한 손을 본 드래곤의 꼬리뼈에, 다른 한 손은 아르디엔의 어깨에 댔다.

그때 본 드래곤은 이미 성벽 가까이 하강했다.

크롸아아아아아아!

본 드래곤의 입이 성벽을 크게 물어뜯으려 했다.

"으아아아아아!"

"도, 도망가!"

병사들이 놀라서 혼비백산하며 성루를 벗어나려는 그때.

갑자기 본 드래곤이 사라졌다.

Chapter 04
본 드래곤 VS 데미갓 아르디엔

아르디엔 전기

아르디엔과 마리엘, 그리고 본 드래곤은 마레타히트가 보이지도 않는 구름 위 하늘에서 나타났다.

크롸아아아아아아아!

의도치 않았던 상황에 분노한 본 드래곤이 길게 포효했다.

"꺅! 이 미친 비만 도마뱀이!"

놀란 마리엘이 귀를 틀어 막았다.

"마리엘. 넌 내려가 있어."

"해치우지 못하면, 내가 후작님을 해치울 거야."

마리엘은 독설을 남겨놓고서 사라졌다.

본 드래곤이 긴 모가지를 꺾어 아르디엔을 바라봤다.

크롸아!

본 드래곤의 입이 쩍 벌어졌다. 그리고는 몸을 돌려 배를 하늘 쪽으로 향하게 했다. 그 상태에서 아르디엔이 잡고 있던 꼬리가 위로 움직였다. 본 드래곤의 머리도 꼬리를 마중 나가듯 위로 향했다.

꼬리와 입이 본 드래곤의 배 앞에서 만나려 했다. 꼬리에는 아르디엔이 매달려 있다.

그대로 가다간 본 드래곤의 이빨에 짓이겨질 판이었다.

하지만 가만히 있을 아르디엔이 아니었다.

꼬리를 놓고 본 드래곤의 갈비뼈를 밟았다.

그리고 온몸의 오러를 밖으로 내보냈다.

아르디엔의 몸 주변에 오러의 막, 오러 실드가 둥근 구의 형태로 형성되었다.

데미갓이 되려면 시간이 필요하다.

단번에 데미갓으로 변할 수 있는 게 아니다.

아르디엔은 지금 그 시간을 벌기 위해 오러 실드를 만들어 낸 것이다.

콰득! 콰드득!

오러 실드에 닿은 본 드래곤의 뼈에 금이 갔다.

크롸아아아아!

본 드래곤이 포효와 함께 용틀임을 했다. 목이 빠르게 꺾어지며 아르디엔을 통째로 씹었다.

콰드드득!

그 움직임이 어찌나 전광석화 같은지 스피드로는 지지 않는 아르디엔이 미처 피할 수가 없었다.

다행히도 오러 실드는 쉽게 깨지지 않았다.

그 옛날, 마왕군단과 싸우던 드래곤에게 상처를 낼 수 있는 힘은 딱 두 가지였다.

마스터급의 오러와, 강력한 마기.

아르디엔의 오러는 마스터급이다.

때문에 지금 본 드래곤을 상대로 이렇게 버틸 수 있었다.

하나, 만약 본 드래곤이 아닌, 완전체인 드래곤이 상대였다면 오러 실드는 이미 깨져 버렸을 것이다.

본 드래곤은 드래곤이었던 시절의 힘을 반도 내지 못하고 있었다.

그렇다고는 해도 드래곤이라는 타이틀이 어디 가는 건 아니다.

아르디엔만 아니었다면 마레타히트의 성벽은 벌써 무너졌을 것이고, 십수 만의 병사가 저승길에 올랐을 건 불 보듯 뻔한 일이다.

콰드득! 콰드드드득!

본 드래곤이 턱에 더욱 힘을 주었다.

그제야 조금씩 오러 실드에 금이 가기 시작했다.

'조금만 더.'

아르디엔이 반신의 경지에 이르려면 아직 시간이 더 필요했다.

그전에 오러 실드가 깨져 버리면 치명상을 입게 될 가능성이 농후하다.

오러 없이는 본 드래곤의 공격을 막을 수가 없다.

쩌적! 쩌저저저적!

본 드래곤의 이빨이 닿는 곳을 중심으로 오러 실드 전체에 실금이 쫙 퍼져 나갔다.

일촉즉발의 상황!

아르디엔은 데미갓이 되는 데에 집중했다.

쩌저저저적!

오러가 본격적으로 붕괴되며 빛을 잃어갔다.

콰드득! 콰득!

본 드래곤의 이빨이 오러 실드를 뚫고 들어갔다.

그대로 입을 다물면 아르디엔의 정수리가 뚫릴 판이다.

콰자자자작!

결국 오러 실드는 처참히 깨지고 말았다.

강인한 이빨은 아르디엔의 머리를 으깨려 했다.

한데 그 순간.

턱.

아르디엔이 손을 들어 이빨을 틀어쥐었다. 거칠게 닫히던 본 드래곤의 입이 미처 다물어지지 못하고 멈췄다.

아르디엔에게 힘으로 제압당했다.

오러 실드가 깨지는 찰나 아르디엔은 데미갓이 되었다.

"아직 내가 죽을 때는 아닌가 보군."

나직이 한 마디를 읊조린 아르디엔이 이빨을 쥔 손에 힘을 주었다.

쩌저적!

본 드래곤의 이빨에 금이 갔다.

그리고 이내.

퍼서서석!

가루가 되어 부서졌다.

입이 닫히는 사이, 아르디엔은 밖으로 몸을 빼냈다.

본 드래곤이 그런 아르디엔을 향해 입을 쩍 벌렸다. 그의 입 안에서 검은 연기가 동그랗게 맺혔다. 그것은 곧 입 밖으로 토해져 나와 광선처럼 아르디엔을 덮쳤다.

그 광경이 마치 드래곤이 브레스를 쏘는 것 같았다.

본래의 드래곤은 입에서 용암보다 뜨거운 불길을 토해낸다.

그것이 녹이지 못하는 것은 없었다.

이를 드래곤의 위대한 숨결, 드래곤 브레스라고 부른다.

마왕과 싸울때도 브레스를 토해 내, 치명상을 입히기도 했었다.

한데 지금 본 드래곤이 토한 것은 뜨거운 불길이 아니었다.

검은 연기였다.

아르디엔은 그 연기에 집어 삼켜졌다.

순간, 연기의 정체가 무엇인지 알 수 있었다.

데미갓의 경지에 이른 그는 피부에 닿는 모든 물질의 성질을 단번에 파악하게 되었다.

검은 연기 속에는 사자(死者)의 기운이 가득 담겨 있었다.

그것은 드래곤과는 또 다른 본 드래곤의 브레스, 언데드 브레스였다.

언데드 브레스에 잡아먹히는 생명체들은 전부 언데드 몬스터가 되어버린다.

인간의 경우 좀비나, 구울, 스켈레톤 등의 언데드 몬스터로 변하는 것이다.

그리고 그들은 본 드래곤의 충실한 부하가 된다.

아르디엔은 언데드 브레스에 직격을 당했다.

하지만 그의 몸에 변화의 징후는 일절 나타나지 않았다.

언데드 브레스에 당할 만큼 데미갓의 경지는 어설픈 게 아니다.

아르디엔이 그대로 날아가 본 드래곤의 턱을 후려쳤다.

퍽!

그것은 개미가 사람의 턱을 때리는 격이었다.

하지만 본 드래곤의 목은 맞은 반대방향으로 급격하게 꺾였다.

그 사이 아르디엔이 본 드래곤의 오른쪽 날개뼈로 다가갔다.

주먹을 쥐고 힘을 끌어 모았다. 아르디엔의 꽉 쥔 주먹에 뭐라 형용할 수 없는 기운이 너울거렸다.

마나도, 오러도, 스피릿 파워나, 홀리 파워도 아닌 전혀 다른 종류의 힘!

그 힘은 비욘드 소울과 비슷했다.

초월한 자만이 발휘할 수 있는 미지의 영역!

그 영역에 발을 디딘 아르디엔이 주먹을 내질렀다.

콰콰콰쾅!

그러자 말도 안 되는 광경이 벌어졌다.

태산만 한 본 드래곤의 날개뼈에 잔금이 가는 싶더니 이윽고 가루가 되어 사라졌다.

콰라아아아아아아아아!

중심을 잃고 추락하는 본 드래곤의 입에서 귀청을 찢어발기는 음성이 울려 퍼졌다.

아르디엔의 신형이 갑자기 사라졌다.

아니, 사라진 것처럼 느껴질 만큼 빨리 움직인 것이다.

그는 본 드래곤의 왼쪽 날개뼈 위로 다시 모습을 드러냈다.

빙글빙글 돌며 땅으로 곤두박질치는 본 드래곤의 왼쪽 날개마저도.

콰콰콰쾅!

아르디엔의 주먹질 한 번에 가루가 되었다.

날개를 잃은 본 드래곤은 무서운 속도로 낙하했다.

구름을 뚫고 저 멀리 보이는 마레타히트의 성벽으로 유성처럼 떨어져 내렸다.

피 튀기는 전쟁을 벌이던 그라함 왕국군과 마도국 병사들이 뭔가에 홀리기라도 한 듯 하늘을 쳐다봤다.

"본 드래곤이다!"

"허억!"

마도국 병사들은 쾌재를 불렀고, 그라함 왕국군은 절망에 사로잡혔다.

본 드래곤이 마레타히트의 성벽을 작살 내기 위해 내리 꽂히는 것 같았기 때문이다.

크라아아아아아아아아!

본 드래곤의 갑작스런 포효가 그라함 왕국군에게 공포감을 더 했다.

마도국 병사들은 이미 승리라고 한 듯 일제히 만세를 불렀다.

한데 뭔가 이상하다는 것을 발견한 이들이 하나둘 생겨났다.

"어? 본 드래곤… 날개 어디갔냐."

흑마법사 한 명이 고개를 갸웃거렸다.

"진짜, 날개가 없잖아?"

옆에 있던 다른 흑마법사가 황당해서 말했다.

그에 또 다른 흑마법사가 끼어들었다.

"본 드래곤이 원래 날개가 있었어?"

다른 두 흑마법사가 마지막에 말을 꺼낸 흑마법사를 한심하게 쳐다봤다.

제일 처음 입을 연 흑마법사가 그를 구박했다.

"그럼 본 드래곤이 여태껏 하늘을 헤엄쳐 왔을까?"

"그럼 지금 저건……."

"추락하는 거… 같지 않냐."

그때 본 드래곤의 꼬리가 뚝 하고 떨어지더니 가루가 되어 사라지고, 이어 엉덩이가 날아갔다.

"……."

"……."

"……."

흑마법사 세 명이 약속이라도 한 듯 입을 쩍 벌린 채 굳어 버렸다.

아니, 그들뿐만이 아니었다.

본 드래곤을 지켜보던 모든 마도국 병사들이 똑같은 반응 이었다.

반대로 그라함 왕국군은 이게 무슨 조화인지 몰라 어리둥 절했다.

오로지 하멜 후작가의 사람들과, 아르디엔에 대해 깊은 믿 음을 보여준 삼대성군, 고르다스 대공만이 옅은 미소를 지었 다.

본 드래곤과의 싸움에서 그가 이겼다는 것을 알았다.

"역시 하멜 후작이로고."

고르다스 대공이 하멜 후작가의 사람들을 보며 고개를 끄 덕였다.

*   *   *

루틴은 멀리서 엉망이 되어가는 본 드래곤을 지켜보고 있 었다.

본 드래곤은 마도국의 오랜 역사와 시간을 함께 해왔다.

그만큼 오랜 시간 공을 들였고, 큰 힘이 되어줄 비밀 무기였다.

그런데 너무나 쉽게 무너지고 있었다.

아르디엔이라는 한 사람에게.

하나, 루틴은 전혀 초조해하지 않았다.

오히려 즐거운 듯했다.

루틴의 눈치를 살피던 리로이가 연유를 물었다.

"어찌하여 웃고 계신지요?"

본 드래곤은 지금도 사지의 뼈가 조각나며 추락하고 있었다.

루틴의 미소가 더욱 짙어졌다.

"아르디엔… 확실히 대단하군. 데미갓이라. 설마 그런 경지가 있을 줄은."

루틴은 본 드래곤이 보고 듣는 것을 모두 전해 받을 수 있었다.

둘은 정신적으로 연결되어 있는 관계다.

본 드래곤은 루틴의 명령대로 움직인다.

데미갓 아르디엔과 본 드래곤의 싸움에서 본 드래곤은 너무나 형편없이 패했다.

그것은 루틴의 명령이 있었기 때문이다.

데미갓 아르디엔의 파워를 알게 된 루틴은 본 드래곤으로 싸워봤자 승산이 없다는 걸 알았다.

물론 본 드래곤이 최선을 다한다면 치명상 하나쯤은 입힐 수 있을지도 모른다.

그러나 루틴은 시간을 허비하기 싫었다.

"그럴 바엔 본 드래곤을 더 완벽한 모습으로 다시 태어나게 해줘야겠지. 질질 끌 필요 없이 단숨에 짓밟아 버릴 수 있도록."

루틴의 혼잣말을 듣고 있던 자메인이 히죽 웃었다.

*　　　*　　　*

너무 쉬웠다.

아르디엔의 주먹질이 계속 되었다.

본 드래곤의 갈비뼈가 산산조각 나는가 싶더니, 두 다리가 떨어져 나갔다.

척주뼈도 엉망이 되었고, 남은 것은 목뼈와 커다란 머리 하나뿐이었다.

'이상해.'

아무리 데미갓이 인간을 반신의 경지에 이르게 해주는 기술이라 해도 아니었다.

싸울 의지가 전혀 없는 대상에게 주먹을 휘두르는 기분이었다.

지독한 위화감이 아르디엔을 옭아맸다.

하지만 우선은 본 드래곤을 완전히 소멸시켜 버리는 게 우선이다.

초월의 힘을 담은 그의 주먹이 본 드래곤의 정수리를 강타했다.

콰콰콰쾅!

쩌저적! 쩌적!

본 드래곤의 머리가 수천조각이 나 흩어졌다.

그 존재 자체만으로도 그라함 왕국의 사람들에겐 절망 그 자체였던 본 드래곤이, 완벽하게 소멸됐다.

"우와아아아아! 본 드래곤이 죽었다!"

"하멜 후작님이 해내셨다!"

마레타히트를 수성하던 그라함 왕국군이 환호했다.

반면 마도국 병사들은 천국에서 지옥에 떨어진 듯한 심정이었다.

무거운 적막이 그들의 진영을 짓눌렀다.

엄청난 상실감이 더욱 마음을 무겁게 만들었다.

"지, 지금 본 드래곤이… 죽은 거야?"

"뭐야… 본 드래곤이 뭐 저렇게 쉽게……."

"말도 안 돼. 본 드래곤만 있으면 다 되는 거 아니었어?"

용병들이 본 드래곤의 소멸에 심하게 동요했다.

"본 드래곤 따위 없으면 어때! 어차피 난 애초부터 기대도 안했어!"

"게르갈드의 흑마법사들을 얕보지 마라!"

사기가 떨어질 것을 걱정한 흑마법사 몇몇이 크게 소리쳤다.

하지만 한 번 떨어진 사기는 다시 오를 줄을 몰랐다.

지금 이 상황에서 한 가지 확실한 사실이 마도국 병사들의 전의를 앗아갔다.

하멜 후작은 본 드래곤보다 강하다는 것.

도저히 인간이라고는 생각되지 않는 어마어마한 신위(神威)를 뿜어내며 그가 마레타히트의 성루에 내려섰다.

타탁.

동시에 거대한 환호성이 터졌다.

와아아아아아아아아!

그라함 왕국군이 병장기를 높이 쳐들었다.

마도국 병사들은 망연자실해서 넋을 놓았다.

본 드래곤이 구름을 뚫고 모습을 드러냈을 때와는 분위기가 완전히 반전되었다.

그 대 파란의 중심에 아르디엔이 있었다.

하지만 정작 본 드래곤을 없앤 그는 표정이 그리 밝지 못했다.

무언가가 잘못되었다.

불안한 예감이 뇌리를 자극했다.

그때, 예감은 현실이 되었다.

허공으로 흩어졌던 본 드래곤의 뼛조각들이 바람을 거스르며 허공을 부유하고 있었다.

* * *

루틴과 자메인은 비슷한 미소를 머금고 있었다.

"안배를 해두길 잘했군."

루틴의 말했다.

자메인이 고개를 끄덕였다.

"그렇지요. 언제나 변수라는 건 일어나는 법어니까요."

"하멜 후작이 없었다면 변수 같은 건 생각할 필요도 없었을 텐데."

"그래서 본 드래곤을 강화시킨 것 아니겠습니까. …버닝 소울로."

"좋은 아이디어였어, 자메인."

두 사람이 한 차례 시선을 주고받은 후에, 허공을 바라보왔다.

저 먼 전장의 하늘엔 본 드래곤들의 뼛가루들이 빠르게 모여 원래의 형태를 갖추어 가고 있었다.

Chapter 05
이그나이트(Ignite)

아르덴 전기

또다시 전장의 분위기가 반전 되었다.

본 드래곤은 금세 원래의 모습을 되찾았다.

한데 그게 끝이 아니었다.

"저, 저건!"

"지금 무슨 일이 벌어지는 거야!"

사람들은 경악했다.

뼈밖에 없던 본 드래곤의 가슴에 검은 심장이 생겼다.

심장에서 파생된 핏줄이 사방으로 퍼져 나갔다.

두근! 두근!

힘차게 격동하는 검은 심장의 고동이 전장의 모두에게 전해졌다.

핏줄 주변으로 근육과 살덩이가 생겨나고, 그 위에 탄탄한 피부가 덧입혀졌다.

마지막으로 피부에서 돋아난 검은 비늘들이 온몸을 감쌌다.

그저 뼈밖에 없던 본 드래곤이 원래의 형상을 되찾았다.

크르르르르르르르……

드래곤의 낯에 으르렁거렸다.

그의 커다란 눈이 붉은 안광을 토했다.

"드, 드래곤이… 드래곤이… 크헉!"

그라함 왕국군의 기사 한 명이 무슨 말을 하려다가 차마 다 끝맺지 못하고서 헛숨을 들이켰다.

본 드래곤을 해치웠다고 좋아한 게 조금 전이다.

그런데 진짜 드래곤이 나타났다.

아르디엔이 힘차게 날갯짓 하는 드래곤을 가만히 살폈다.

'이번엔 힘들겠어.'

드래곤을 보자마자 판단이 섰다.

데미갓이 오래도록 지속된다면 싸움의 승률이 커질 수 있다.

하지만 데미갓을 유지하는 데는 한계가 있다.

그 시간 안에 드래곤을 잡지 못하면 그라함 왕국은 멸망하고 말 것이다.

'할 수 있을까?'

아르디엔이 스스로에게 물었다.

승률은 오십 대 오십.

지금의 드래곤은 아르디엔과 충분히 맞먹을 정도로 강했다.

'한데 어떻게 저런 형태를 갖춘 거지?'

그게 정말 의문이었다.

*   *   *

"드디어 아름다운 자태를 드러냈군요."

자메인의 말에 루틴이 고개를 주억거렸다.

"그래… 그럼 저 녀석을 뭐라 불러야 하나."

"흠, 글쎄요."

어둠의 사자 리더 리로이는 이런 상황에서 드래곤의 이름을 고민하는 두 사람의 작태가 신기했다.

그라함 왕국군이 혼란에 빠진 것은 당연지사고, 마도국 병사들 조차 놀라 자빠질 지경이었다.

오랜 이야기 속에서만 들어오던 드래곤이 살아생전의 모

습 그대로 강림했다.

이는 마왕이 강림한 것만큼 대단한 사건이었다.

그럼에도 루틴과 자메인은 태평하기 그지없었다.

"그랜드 리치의 유전인자를 융합했다고 했었지?"

"그전에 본 드래곤의 몸에 칼날늑대의 영혼을 융합했지요."

칼날늑대는 일반적인 늑대보다 발톱이 날카롭고 강하다. 그래서 칼날늑대라는 이름이 붙었다.

이 녀석들은 대단히 난폭하다.

자신의 동족이 아닌 동물들과는 눈만 마주쳐도 죽기로 싸운다.

하지만 동족끼리는 절대 싸우지 않는다.

동족의 우두머리를 정할 때도 이를 드러내는 법이 없다.

오고 가는 시선 속에 갈무리 된 강인함으로 우두머리를 정한다.

아무튼 칼날 늑대는 이런 성향 때문에 길들이기 전에는 난폭하기 짝이 없지만, 한 번 길들이면 평생을 주인에게 충성한다.

자메인은 두 달 전 루틴에게 칼날 늑대 한 마리를 길들여오라 부탁했다.

루틴은 영문을 몰랐지만 자메인이 허튼 일을 하는 법이 없으니 부탁대로 행동했다.

자메인은 루틴이 길들인 칼날 늑대의 영혼을 본 드래곤에게 융합시켰다.

그에 눈을 뜬 본 드래곤은 철저하게 루틴의 말에 복종했다.

하지만 본 드래곤의 강화연구는 거기서 끝나지 않았다.

혹시 모를 상황에 대비해 그랜드 리치의 유전자를 융합했다.

그랜드 리치는 리치가 업그레이드 된 언데드 몬스터다.

리치가 흑마법사들이 반영구적인 삶을 얻는 대신 뼈만 남은 흉악한 외형으로 평생을 살아야 하는 존재라면, 그랜드 리치는 반영구적인 삶과 살아생전의 모습, 두 가지를 모두 가지게 되는 존재다.

지금 본 드래곤이 그러했다.

그에게 융합되었던 칼날늑대의 영혼이 불타는 순간, 그랜드 리치의 유전인자가 깨어났다.

그래서 살아생전의 모습을 되찾게 된 것이다.

칼날늑대의 영혼은 사라졌지만, 그랜드 리치는 자신을 만들어 준 주인에게 충성을 다한다.

지금의 드래곤을 만든 건 루틴이 아니라 자메인이다.

해서, 드래곤은 자메인의 명령대로 움직이게 되었다.

어찌 보면 위험한 일일 수도 있다.

자메인이 힘의 욕망에 사로잡혀 훗날 드래곤으로 루틴의 목을 노릴지도 모른다.

하지만 루틴은 별로 걱정하지 않았다.

이 전쟁이 끝나는 순간 그는 자메인의 목부터 잘라버릴 셈이었다.

주인을 잃은 드래곤은 아무것도 하지 못한다.

명령을 받아야만 움직일 수 있다.

그것이 그랜드 리치다.

스스로 그랜드 리치가 된 것이 아닌 이상에야 그들은 주인의 충성스러운 개다.

자메인을 잃은 드래곤은 결국 석상처럼 굳어서 말라죽게 될 것이다.

하지만 루틴은 그런 속내를 끝까지 숨겼다.

"자메인. 이제 저들에게 지옥을 보여주도록 해."

"안 그래도 그럴 참이었습니다. 아, 그전에 이름은 어떻게 짓는 것이……?"

루틴이 턱을 쓰다듬었다.

"흠, 그렇군."

리로이는 지금 이름이 문제냐고 묻고 싶은 걸 가까스로 참았다.

한참 동안 고민하던 루틴이 손가락을 튕겼다.

딱!

"그게 좋겠군."

"떠오르셨습니까?"

"녀석은 영혼을 태워 완전체가 되었지. 물론 생전의 모습만 찾은 것일 뿐, 힘은 생전의 드래곤에게 크게 못미치지만……."

그렇다고는 해도 어지간한 공격을 다 막아내는 드래곤의 비늘이 몸을 두르고 있으니 어마어마한 방패를 손에 넣은 것이었다.

게다가 심장, 즉 드래곤 하트가 생김으로써 브레스를 토할 수 있게 되었다.

뼈에 근육이 붙었으므로 힘도 더욱 강해졌을 건 당연했다.

모든 면에서 본 드래곤보다 훨씬 나았다.

"아무튼 이제 파이어 브레스도 토할 수 있을 테고… 여러 가지 의미로 이 이름이 어떨까 하는데."

루틴이 양 손을 입가에 가져가 확성기처럼 만들었다.

그리고 크게 소리쳤다.

"이제부터 네 이름은 이그나이트(Ignite)다! 적들을 말살하라!"

루틴의 음성은 천지를 떨어 울렸다.

목소리에 마나를 실어 터뜨렸기 때문이다.

전장에 있던 모든이들이 그의 음성을 들었다.

이그나이트가 대답이라도 하는 듯 크게 포효하며 하늘 높이 솟구쳤다.

크롸아아아아아아아아아아!

*　　　*　　　*

"이거 참… 상황이 어려워지는구만."

고르다스 대공이 혀를 끌끌 찼다.

이그나이트 앞에서는 삼대성군 조차도 긴장한 낯을 감추지 못했다.

아르디엔의 곁으로 마렉과 케이아스, 라미안이 다가와 섰다.

마렉이 두 자루 크림슨을 양쪽 어깨에 턱 걸쳤다.

"후작 나으리. 저 비만 도마뱀, 잡을 수 있겠수?"

"해봐야지."

"도와줄까?"

케이아스가 물었다.

"아니. 너희들은 마도국의 병사들을 한 명이라도 더 없애. 드래곤… 이그나이트는 나 혼자 상대한다."

"그러지, 뭐."

케이아스가 미련 없이 물러섰다.

"솔직히 말해서… 나도 별로 도움이 될 것 같진 않수."

누구 앞에서도 호전적이던 마렉 조차 한 발을 뺐다.

"혼자서는 위험하지 않을까요."

라미안이 끝끝내 불안한 듯 쉽게 아르디엔의 곁에서 떨어지지 못했다.

아르디엔은 고개를 저었다.

"너희들을 지키면서 싸우는 게 더 위험해."

냉정한 얘기였지만 그게 현실이다.

라미안이 금세 수긍했다.

"알겠어요. 하지만 조심하세요."

라미안까지 아르디엔의 곁에서 멀리 떨어졌다.

그때 높이 비상했던 이그나이트가 다시 하강했다.

이그나이트의 입이 쩍 벌어졌다.

그 안에서 불길이 일렁였다.

"모두 물러나라! 라미안! 배리어!"

아르디엔이 다급히 외쳤다.

병사들은 혼비백산해서 사방으로 흩어졌다.

그와 동시에 라미안을 비롯한 하멜 후작가의 마법사들이 배리어 마법을 시전했다.

크롸아아아아아아아!

이그나이트의 입에서 초고열의 화염기둥이 쏘아졌다.

콰콰쾅!

화염기둥은 배리어 마법으로 형성된 무형의 보호막에 부딪혔다.

하나.

쩌저저적! 콰차차창!

배리어는 채 몇 초를 버티지도 못하고서 깨져 버렸다.

아르디엔이 재빨리 하늘로 날아올랐다.

마리안의 마법 레이테이션은 아직도 지속되는 중이었다.

아르디엔이 사라진 자리에 브레스가 작렬했다.

콰르르릉! 콰르르르르릉!

마레타히트의 성벽이 흙더미마냥 힘없이 무너졌다.

"으아아아악!"

"아아아아아악!"

미처 멀리 피하지 못한 병사들이 성벽과 함께 떨어져 매몰되었다.

사방으로 퍼져 나가는 브레스에 타 죽은 병사들도 수두룩했다.

단 한 방.

브레스 한 번으로 성벽의 일부가 완전히 무너졌고, 오백여 명의 병사가 죽었다.

뿌우우우우우—!

둥둥둥둥—!

마도국의 진영에서 뿔피리와 요란한 북소리가 들려왔다.

와아아아아아아—!

마도국 병사들의 사기가 하늘을 찌를 듯 높아졌다.

"진격하라!"

선두에 선 마도국 용병대장이 소리쳤다.

용병대와 키메라군단이 어지럽게 뒤섞여 무너진 성벽으로 돌진했다.

뒤에서는 흑마법사들이 공격마법을 무섭게 퍼부었다.

용병들 중에서 활을 다룰 줄 아는 이들이 성벽을 향해 일제 사격을 가했다.

하늘에서 화살비가 쏟아졌다.

눈먼 화살에 맞아서 쓰러져 죽는 그라함 왕국 병사들이 속출했다.

다행히 화살을 피해도 불덩이에 맞아 타죽거나 얼음창에 찔려 벌집이 되었다.

한 번 무너진 성벽은 흑마법사들의 마법에도 쉽게 붕괴되었다.

그라함 왕국군이 계속 배리어 마법을 성벽에 시전했지만, 별 소용이 없었다.

쉴 새 없이 이어지는 공격마법의 파괴력은 어마어마했다.

"지금이다. 버닝 소울 부대도 출진하라!"

루틴의 명령이 떨어졌다.

자메인은 버닝 소울 부대를 이끌고 전장으로 뛰어 들었다.

오로지 루틴과 어둠의 사자들만 전장에 참여하지 않고 상황을 지켜보았다.

*   *   *

시간이 흐를수록 점점 더 그라함 왕국군의 상황은 나빠졌다.

이미 성벽은 제 역할을 다 못할 정도로 허물어졌다.

그라함 왕국군이 성벽 밖으로 나와 마도국과 육탄전을 벌였다.

마렉이 선봉장으로 나선 하멜 용병단은 전장에 투입되자마자 성난 맹수처럼 날뛰었다.

케이아스의 하멜 기사단 역시 용병단 못지않는 용맹함을 보였다.

마리엘은 적군의 장수들만 골라 상대했다.

그런 마리엘의 행보를 크라임이 따라다니며 도와주었다.

마리안과 그녀가 이끄는 마법사들은 하멜 후작가의 장수

들을 마법으로 보호해 주었다.

반대로 제피아는 8서클의 공격 마법을 시전하며 무자비하게 흑마법사들을 죽여 나갔다.

아르디엔은 이그나이트의 주의를 자신에게로 끌어 공중전을 벌이는 중이었다.

한 마리의 드래곤과 한 명의 사람은 무서울 정도로 위력적인 육탄전을 벌였다.

둘이 한 번 격돌할 때마다 어마어마한 충격파가 일었다.

그 모든 상황을 가만히 지켜보고 있던 아스크가 입꼬리를 말아 올렸다.

"막상 제대로 붙으니까 날아다니잖아. 이럴 거면 애초부터 나와서 싸우지 그랬어?"

아스크의 말대로였다.

하멜 후작가의 사람들은 마도국의 병사들을 무섭게 휘몰아치며 전장의 분위기를 완전히 그라함 왕국군 쪽으로 끌어왔다.

그중에서도 돋보이는 건 하멜 용병단이었다.

"우리는 전장에서 태어났고!"

하멜 용병단의 부단장이자 유일한 여인 체스카가 키메라의 목을 베어 넘기며 소리쳤다.

그러자 주변에 있던 다른 용병들이 일제히 고함을 질렀다.

"전장에서 죽는다!"

용병들의 기형이기가 신들린 듯 춤을 췄다.

서로 다른 몬스터들의 장점만을 섞어 놓은 키메라는 상대하기 힘든 괴물이다.

그런데 용병왕 마렉이 우두머리로 있는 하멜 용병단에게는 당할 수가 없었다.

하멜 용병단은 그야말로 전장의 태풍이었다.

그들이 지나가는 곳엔 죽은 시체만이 남았다.

"저 자식들 마음에 들어."

아직 부서지지 않은 성루 위에 서서 그들을 지켜보던 아스크가 입술을 핥았다.

"나도 한 번… 날뛰어 볼까."

아스크의 시야에 키메라들에게 밀리고 있는 왕실기사단이 보였다.

아스크가 그곳을 향해 한 손을 뻗고 시전어를 읊조렸다.

"파이어 스톰."

파이어 스톰은 7서클의 화염 마법이다.

시전어가 흘러나오는 순간 왕실기사단을 압박하던 키메라 군단의 중앙에서 거대한 화염 폭풍이 일었다.

콰가가가가가!

"키에에에엑!"

"끄에에에엑!"

키메라들이 화염 폭풍에 집어삼켜졌다.

화염 폭풍은 점점 더 세를 불려갔다.

주변에 있던 키메라 삼백여 마리가 파이어 스톰에 흡수되어 녹아내렸다.

하지만 그 마법에 당한 건 키메라만이 아니었다.

"으, 으아악!"

"사, 살려……!"

키메라에게 당하고 있던 왕실기사단 스무 명 가량도 화염 폭풍 속으로 빨려 들어가고 말았다.

아군이 아군을 공격해 버린 격이다.

하지만 아스크는 그 광경을 보면서 피식 웃었다.

"병신들. 빨리 피했어야지."

그에게 왕실기사단 몇 십 죽은 것 정도는 별일도 아니었다.

아스크의 조금 위험한 공격은 계속해서 이어졌다.

그때마다 숱한 적군이 죽었고, 약간의 아군이 목숨을 잃었다.

*   *   *

이그나이트와 아르디엔은 계속해서 공중전을 벌이는 중이

었다.

이제 아르디엔이 데미갓으로 있을 수 있는 시간은 얼마 되지 않는다.

하지만 여태껏 이그나이트에게 치명상을 입힐 수 없었다.

아르디엔에겐 오러보다 더욱 강력한 힘이 있다.

때문에 아무리 드래곤의 비늘이라 하더라도 상처를 입지 않는 건 아니다.

문제는 상처를 입는 족족 바로 회복이 된다는 것이었다.

그렇다면 이그나이트를 제압할 수 있는 방법은 하나뿐이다.

몸을 아예 절단 내야 한다.

하지만 그게 쉬운 일은 아니다.

'그걸 써야 하나?'

사실 아르디엔에겐 데미갓의 경지를 이룬 후부터 줄곧 연습해온 비기가 있었다.

케이아스의 비기처럼 화려하지는 않지만 위력 하나만큼은 어마어마하다.

그리고 이 비기는 데미갓의 상태에서만 사용할 수 있다.

아르디엔이 예상하기로 데미갓으로 있을 수 있는 건 앞으로 삼십분.

그럼에도 아르디엔이 비기의 사용을 망설이는 건 그것이

과연 이그나이트에게 먹힐까? 하는 걱정 때문이었다.

만약 그 비기를 쓰게 된다면 남은 힘을 모두 쏟아 부어야 한다.

그렇게 되면 당장 데미갓이 풀려 버리고 아르디엔은 한동안 일반인과 다름없는 상태가 되어버린다.

즉, 이그나이트에게 비기가 먹히지 않으면 아르디엔은 필사(必死)하고 만다는 뜻이다.

'내가 죽는 건 상관없다.'

그는 이미 죽음을 경험했다.

이후로 단 한 번도 죽음을 두려워하지 않았다.

다만 그의 소중한 사람들이 다치는 걸 용납할 수 없었다.

지키려면 이겨야 한다.

크롸아아아아아아!

이그나이트의 꼬리가 채찍처럼 휘둘러졌다.

퍽!

어마어마한 힘이 아르디엔의 등을 가격했다.

잠시 다른 생각을 하는 사이 얻어맞은 것이다.

그렇다고 아르디엔이 한 곳에 멍청히 서 있었던 건 아니다.

계속해서 움직이며 이그나이트의 빈틈을 살피다가 눈 깜빡하는 순간 꼬리가 날아들었다.

이그나이트는 성채 같은 몸이 무색하게도 민첩성이 어마

어마했다.

등을 맞고 날아가던 아르디엔이 돌연 방향을 바꿨다.

그 자리에서 갑자기 사라져 이그나이트의 코앞에 나타나서는 주먹을 휘둘렀다.

뻐억!

이그나이트의 고개가 모로 꺾였다.

그 순간 이그나이트의 육중한 몸이 빠르게 회전했다. 거대한 태풍이 휘몰아침과 동시에 날카로운 발톱이 날아들었다.

아르디엔이 그것을 피하며 이그나이트의 목을 발로 후렸다.

펵!

크롸아아아아아!

굉음을 터뜨린 이그나이트가 아르디엔을 재차 물려고 했다.

그런데, 돌연 고개를 돌리더니 그라함 왕국군에게 브레스를 뿜었다.

화르르르르륵!

콰아아앙! 콰아앙!

"으아악!"

"아악!"

무섭게 쏘아져 나간 지옥의 불길은 삽시간에 천여명의 목숨을 앗아갔다.

"이런 젠장! 저 망할 도마뱀 새끼가!"

마렉이 욕을 내뱉었다.

브레스에 용병들도 휘말렸다.

라미안이 이끄는 마법사들도 희생되었다.

하멜 후작가의 기사와 병사들도 대거 죽음을 맞았다.

그 상황이 아르디엔에게 결심을 하도록 만들었다.

그가 한동안 쓰지 않았던 왕가의 검 그랑벨을 꺼내들었다.

Chapter 06
악령들

아르디엔 전기   ·

마렉은 전장의 사신처럼 무섭게 날뛰었다.

케이아스 역시 광속의 기사라는 호칭이 무색하지 않게 동에 번쩍 서에 번쩍 하며 적군들의 목을 벴다.

뛰어난 장수 아래 모자란 병사 없는 법이다..

하멜 기사단과, 하멜 용병단은 두 사람의 무위에 힘입어 신들린 기세로 적병들을 베어 넘겼다.

하멜 마법사단은 라미안의 지시에 따라 보호마법과 보조마법을 적절히 시전해 그들을 지켜주었다.

사실 이 싸움은 본 드래곤만 없었다면 이렇게 고생할 만한 사이즈가 아니었다.

아르디엔은 이미 아티모르를 꺾었다.

루틴도 아티모르와 일대일의 싸움을 벌인다면 이긴다고 장담할 수가 없다.

게다가 8서클 흑마법사인 제피아 역시 아르디엔에게 꼼짝하지 못한다.

루틴 역시 8서클의 흑마법사이니 아르디엔이 상대한다면 쉽게 제압할 수 있을 것이다.

때문에 본 드래곤이 없을 경우 전병력이 마레타히트 관문만 수성한다면 하멜 후작가의 장수와 병사들만으로도 이 전쟁을 승리로 이끄는 건 어려운 일이 아니다.

이토록 많은 피해를 감당할 이유가 없었다.

그러나 본 드래곤은 지금 한 단계 더 진화해 그랜드 리치 드래곤, 이그나이트가 되었다.

그나마 아르디엔이 이그나이트를 상대하는 덕분에 마도국에게 밀리지 않을 수 있었다.

하지만 아르디엔이 끝끝내 드래곤을 잡지 못하면 이 전쟁의 끝은 그라함 왕국의 멸망이 될 것이 분명했다.

하멜 후작가의 장수들과 삼대성군은 그 만약의 상황에 대비하기 위해서 적군의 수를 한 명이라도 더 줄이기 위해 힘썼다.

다행히 분위기는 그라함 왕국 쪽이 주도하고 있었다.

"죽어라 이 자식들아!"

적진 깊숙이 들어간 마렉이 흑마법사 한 명의 목을 잘랐다.

그와 동시에 파이어볼이 매서운 속도로 날아들었다.

"이까짓 걸로 뭘 어쩌겠다고!"

마렉이 크림슨에 오러를 실어 휘둘렀다.

서걱! 콰아아앙!

두 조각이 난 파이어볼이 마렉을 지나쳐 바닥에 작렬했다.

마렉은 방금 파이어볼을 날린 흑마법사의 심장에 크림슨
을 박아 넣었다.

푹!

"크흑!"

흑마법사의 눈동자가 휘둥그레졌다.

그런데… 고통으로 일그러진 얼굴에 미소가 스몄다.

'뭐야, 이놈?

혹시 지독한 마조히스트인가?

아무리 그래도 그렇지 자신의 숨이 끊어지는 순간 웃다니.

"이 미친 자식이!"

마렉은 미간을 찌푸리며 크림슨을 옆으로 빼냈다.

서걱!

"크헉!"

심장을 관통한 검날이 흑마법사의 옆구리를 찢으며 튀어
나왔다.

비틀거리며 쓰러진 흑마법사가 겨우 고개를 쳐들어 마렉
을 바라보았다.

"고… 맙다."

"뭐?"

"네 덕분에… 새로운 힘을 손에 넣게 되었으니……!"

"뭐라는 거야, 이 미친 자식이!"

마렉은 더 참지 못하고서 흑마법사의 머리를 짓밟았다.

콰직!

머리통이 으깨지며 피와 뇌수가 흘러나왔다.

마렉이 다른 적을 향해 몸을 돌리려 했다.

한데 그때였다.

파아아아아아아아앗!

"응?"

죽어 넘어진 흑마법사의 몸에서 검은 안개가 일렁였다.

이윽고 흑마법사의 몸이 풍선처럼 부풀어 올라 펑! 하고 터
졌다.

그의 살점과 뼛조각들도 검은 안개로 모두 변해 한데 뭉치
기 시작했다.

마렉은 그 이상한 광경을 말없이 지켜보았다.

거대한 검은 안개는 점차 어떤 형상을 갖추더니 이내 온몸에 철갑을 두르고 검은 투구를 쓴 거대한 기사의 형상으로 변했다.

기사는 허리에 차고 있던 묵빛의 검을 꺼내들었다.

기사의 투구 속은 온통 암흑이었다.

암흑 속에서 붉은 두 개의 안광이 번뜩였다.

"그으으으으… 나는… 죽음에서 돌아온 기사다……."

그의 음성은 마치 흉부에서 울리는 것처럼 웅웅거렸다.

"죽음에서 돌아온 기사?"

마렉이 시큰둥하게 기사를 바라보았다.

한데 갑자기 누군가가 마렉의 옆구리를 걷어찼다.

퍽!

"컥!"

마렉이 옆으로 죽 밀려나 바닥을 굴렀다.

천하의 마렉을 발길질 한 방으로 구르게 만들다니!

아니, 그것보다 얻어맞은 게 성질이 났다.

누구냐고 따지려 하는 그 순간!

쾅!

조금 전까지 마렉이 있던 자리에 검이 떨어져 내렸다.

기사가 들고 있던 거대한 묵빛검이었다.

그 힘이 어찌나 센지, 검에 얻어맞은 대지가 깊이 파였다.

조금만 늦었다면 마렉의 머리가 깨졌을지도 모를 일이었다.

"그러다 죽는다, 마렉."

케이아스가 히죽거리며 말했다.

마렉을 걷어 찬 건 그였다.

마렉이 몸을 일으켰다.

"잠깐 방심했어."

"내가 보기에 저 키 큰 깡통은 데스나이트 같은데."

"데스나이트?"

"몰라? 악령이잖아."

"조금 전까지 흑마법사였던 놈이 갑자기 악령으로 변했다고?"

"어? 그런 거야?"

"죽이니까 저렇게 변하더군."

"신기하네. 아무튼 데스나이트는 악령 중에서도 엄청 강한 놈이야. 그러니까 나한테 맡기지?"

"웃기는 소리! 내가 죽인다!"

두 사람이 투닥거리는 사이, 데스나이트가 된 버닝 소울 키메라가 고함을 내질렀다.

"그어어어어어! 둘 다 짓밟아 버리겠다!"

"나부터 짓밟아 봐~!"

"나한테 와라!"

케이아스와 마렉이 동시에 소리쳤다.

데스나이트가 둘을 번갈아 보다가 검을 들었다.

"마렉! 저 깡통이 먼저 공격하는 사람이 상대하는 거야!"

"좋다!"

데스나이트의 신형이 갑자기 사라졌다.

그리고.

카앙!

케이아스와 데스나이트의 검이 맞부딪혔다.

"하하하하! 좋아!"

케이아스는 쾌재를 불렀고, 마렉은 이를 바득바득 갈았다.

"젠장! 잘 놀아라."

마렉이 다른 녀석들을 사냥하러 갔다.

케이아스가 데스나이트의 붉은 안광을 바라보며 히죽 웃었다.

"와줘서 고마워."

"죽인다!"

"나도 죽인다!"

차창!

두 사람이 검을 밀치며 물러섰다.

데스나이트의 검에서 검은 기운이 일렁였다.

그것은 마기(魔氣)였다.

악령들 중에서도 상급에 속하는 녀석들만 사용할 수 있는 것이 바로 마기다.

악령들 자체가 마왕이 만들어 낸 종족들이다.

강한 놈이 마기를 다루는 건 당연했다.

"나도 진지하게 해볼까?"

케이아스의 검에 오러가 어렸다.

그 색이 파랗게 선명하고 밝으며 검에 둘러진 모양이 날카롭고 일체 흐뜨러지지 않은 것이 마스터급의 오러가 틀림없었다.

케이아스는 어느덧 오러 마스터의 경지에 올라 있었다.

"내가 갈까? 네가 올래?"

케이아스는 무슨 놀이라도 하는 어린아이 마냥 천진난만하게 물었다.

데스나이트는 대답 없이 달려들었다.

끼이이이이잉!

오러와 마기가 격돌하며 굉음을 터뜨렸다.

데스나이트의 마기는 오러 익스퍼스 상급자의 수준을 조금 웃돌고, 오러 마스터보다 약하다.

한마디로 케이아스의 오러보다 약하다는 것이다.

채애애애애앵!

마기가 깨지며 묵빛의 검도 함께 조각 났다.

데스나이트는 밑둥만 남은 검을 버리고서 바로 주먹을 날렸다.

그의 주먹에도 마기가 너울거렸다.

하지만 광속의 기사가 맥없이 맞아줄 만큼 빠른 주먹이 아니었다.

일반인이 보기엔 어떨지 몰라도 케이아스에겐 통하지 않는다.

휙!

가볍게 몸을 틀어주먹을 흘려보낸 케이아스가 데스나이트의 안쪽으로 파고들었다.

콰앙!

그의 팔꿈치가 데스나이트의 턱을 후려쳤다.

이어, 주먹이 흉부를 가격했고, 검이 휘둘러지며 두 다리를 잘랐다.

다리를 잃은 데스나이트의 몸이 뒤로 넘어갔다.

콰당!

처량하게 잘린 갑주 속에서 검은 연기가 흘러나와 흩어졌다.

데스나이트의 허벅지에서도 마치 피가 흐르듯 멈추지 않고 검은 연기가 솟구쳤다.

"나는… 죽음에서 돌아온 기사다…!"

데스나이트가 어떻게든 몸을 일으키려 버둥거리면서 소리 쳤다.

서걱!

케이아스가 그런 데스나이트의 목을 잘랐다.

"나도 알아. 근데 상대를 잘못 골랐어."

하멜 후작가의 장수들이 아니라면 데스나이트는 능히 일 당백, 아니 일당천, 그 이상의 능력을 발휘하는 악령이다.

어지간한 오러로는 갑주에 흠집 하나 낼 수 없고, 미약한 상처는 바로바로 복구된다.

힘은 어지간한 저택 하나를 들어 올릴 수 있을 정도로 엄청 났고, 음속에 조금 못 미치는 민첩성을 발휘한다.

그것이 바로 데스나이트다.

일반 기사들은 백이 덤비든 천이 덤비든 데스나이트 하나 를 감당하기가 힘들다.

하지만 케이아스는 아주 간단히 데스나이트를 제압했다.

그것이 억울했는지 데스나이트는 몸둥이를 잃은 와중에도 계속해서 떠들었다.

"너를 죽음으로 이끌 것이……!"

콰직!

케이아스가 데스나이트의 투구를 짓밟았다.

구겨진 투구 속에서 검은 연기가 흘러나왔다.

그러자 조각난 갑주들이 모두 검은 연기로 변해 하늘로 올라갔다.

데스나이트가 영원한 죽음을 맞았다.

"시끄럽네."

귀를 후비적 거린 케이아스는 주변을 둘러보았다.

"어디가 재미있을까."

그때 케이아스의 눈에 호기심을 자극하는 광경이 들어왔다.

마렉의 용병단에게 죽어나간 흑마법사들이 검은 연기에 싸여 악령들로 바뀌고 있었던 것이다.

"저기다!"

여태껏 검 한 자루만 사용하던 케이아스가 한 자루를 더 꺼내들었다.

그것이 광속의 기사의 완전체.

쌍검의 케이아스였다.

지금까지는 힘의 반만 내고 있었다.

케이아스가 버닝 소울 키메라군단에게 달려들었다.

*　　　*　　　*

루틴의 얼굴에서 미소가 사라졌다. 여유가 조금 줄어들었다는 것의 반증이다.

전장에 발을 들이고 나서 처음으로 보이는 감정의 변화였다.

리로이가 그런 루틴의 눈치를 살폈다.

"심기가 불편해 보이십니다."

"지상군이 너무 쉽게 밀리는군."

루틴의 음성엔 미미한 분노가 깔려 있었다.

리로이는 얼른 주군의 기분을 풀어줘야겠다고 생각했다.

"하지만 이그나이트가 있지 않습니까?"

"이그나이트. 그래, 이그나이트를 믿었지. 그런데 여태껏 고전하는 것 같구나."

빠드득.

급기야 루틴이 이를 갈았다.

모든 것이 계획했던 것과 어긋나기만 하고 있었다.

그의 생각대로라면 이미 아르디엔을 죽이고, 그라함 왕국군을 전멸시켜야 했다.

하지만 전쟁은 지지부진하게 이어졌다.

아르디엔은 이그나이트를 상대로 거의 대등한 싸움을 벌였다.

지상군은 그사이 그라함 왕국군에게 짓밟히다시피 하는

중이었다.

그나마 제 활약을 제대로 하는 녀석들은 버닝 소울 군단밖
에 없었다.

죽으면서 영혼을 태워 악령이 되어버린 버닝 소울 군단은
차츰차츰 그라함 왕국군을 제압해 나갔다.

키메라나 흑마법사들은 다양한 공략 법으로 대처할 수 있
었다.

그러나 악령이라는 존재는 다소 생소했다.

게다가 전장에서 이토록 대규모의 악령과 맞닥뜨리게 될
것이라고는 생각지도 못했다.

한가지 더.

악령들은 오러가 어린 검이 아니면 절대 타격을 입지 않았
다. 제대로 타격을 입히려면 오러 익스퍼트 하급 이상의 수준
은 되야 했다.

하나, 그라함 왕국군 중에 그 정도의 수준에 오른 이들은
많지 않았다.

일반 병사들은 말 그대로 악령들의 밥이 되고 말았다.

"이그나이트가 아르디엔만 잡아준다면, 흐름은 순식간에
바뀔 수 있다."

혼잣말을 중얼거린 루틴이 천천히 한 발을 내디뎠다.

"나까지 나서게 될 줄은 몰랐군."

루틴은 전장을 향해 움직였다.

루틴을 따라 어둠의 사자들도 걸음을 옮겼다.

*   *   *

콰르르릉! 콰릉!

갑자기 그라함 왕국군 왕실기사단의 머리 위로 어마어마한 벼락이 내려쳤다.

누가 막거나 피할 시간은 없었다.

세상이 온통 하얗게 물드는 순간 이백의 기사가 비명도 지르지 못한 채 죽음을 맞았다.

"뭐야!"

기사 한 명이 놀라서 소리쳤다.

그때 일반 병사들이 응집된 지역에 기이한 기류가 흘렀다.

다음 순간.

퍼퍼퍼퍼퍼퍼퍼퍽!

반경 50미터 범위 안에 있던 모든 병사들의 전신이 풍선 마냥 터졌다.

그들은 오공에서 피를 뿜으며 넝마가 되어 죽어버렸다.

8서클의 공격 마법 그라운드 오브 퓨리였다.

그 광경을 보게 된 그라함 왕국군은 공포에 떨었다.

이런 마법 앞에서는 대체 어떻게 대처해야 하는 것인지 알수 없었다.

마법사가 지정한 범위 안의 생명체가 모두 터져 나가버린다.

이를 지켜본 제피아가 시선을 돌려 전장의 저 먼 곳을 살폈다.

예상대로 루틴이 어둠의 사자들과 높은 언덕에 서서 마법을 시전하는 중이었다.

"루틴."

제피아가 형의 이름을 내뱉었다.

그때 라미안이 제피아에게 다가와 물었다.

"제피아님. 8서클의 마법사들은 그라운드 오브 퓨리를 몇 번이나 시전할 수 있죠?"

"마나가 상당히 소모되는 마법이기에 세 번이 고작이지. 물론 마나를 빠르게 회복하면 다시 사용할 수 있겠지만, 그라운드 오브 퓨리에 필요한 양의 마나를 단숨에 회복하기란 어려운 일이야."

"제피아님은… 두 번 사용하셨죠?"

"그걸로 끝. 세 번은 사용 못해. 이미 다른 마법들을 시전하면서 마나를 많이 소모했어."

"불행 중 다행이네요. 아, 제피아님께서 마법을 시전하지 못하는 게 다행이라는 말이 아니라……."

"알고 있어. 그라운드 퓨리를 세 번 이상 시전하기 힘들다는 것이 불행 중 다행이라는 것일 테지."

"네."

"하지만 다행이라고 하기엔 아직 일러."

"이르다니요?"

"여기는 전장이야. 그리고 흑마법사들은 생명에너지를 흡수해 다크 마나를 모으지."

"아……!"

라미안의 뇌리에 번개가 내리쳤다.

전장은 흑마법사들이 마나를 모으기에 최적의 장소였다.

수 많은 사람들이 모여 있지 않은가?

"하멜 후작을 만난 이후로 단 한 번도 생명에너지를 흡수해 다크 마나를 회복시킨 적이 없었지만… 이번엔 어쩔 수 없겠군."

루틴이 두 손을 앞으로 내밀었다.

그러자 죽어버린 시체들에서 검은 기운이 흘러나와 흡수되었다.

죽은지 얼마 안 되는 시체일수록 검은 기운이 더 많이 흘러나왔다.

흑마법사가 필요로 하는 건 영혼이 아니라 생명에너지다.

숨이 끊어졌다고 육신의 생명활동이 바로 끝나버리는 건 아니다.

아직 살아 있는 세포들에서 에너지를 흡수하는 것이 흑마법사들이다.

그때 다시 한 번 죽음의 공간이 형성되었다.

퍼퍼퍼퍼퍼퍼퍽!

수천의 사람들이 또다시 터져나갔다.

"안 돼……."

그라운드 오브 퓨리가 시전되어진 지역은 단숨에 지옥도가 그려졌다.

터져 나간 시체들은 그 형체조차 알아볼 수 없을 만큼 처참하게 널브러졌다.

그 주변에서 겨우 살아남은 병사들은 전의를 상실했다.

손에 쥔 검에 힘이 빠져 바들바들 떠는 이들은 당장 적군의 먹이가 되어버렸다.

키메라에게 머리가 씹히고, 흑마법사의 마법에 사지가 잘렸다.

용병단의 기형이기에 난도질을 당했다.

가슴 아픈 일이지만 제피아는 그렇게 죽은 이들의 생명에너지를 계속 흡수했다.

루틴과 대등하게 맞서려면 어쩔 수 없었다.

그때, 루틴도 제피아의 존재를 확인했다.

"아우야, 네가… 날 막겠다는 것이냐!"

루틴이 생명에너지를 흡수했다.

8서클의 마법사 두 명이 사자(死者)들의 생명에너지를 빠르게 나누어 가졌다.

한편 아스크가 전장의 중심에 서서 그 광경을 지켜보았다.

"하, 드디어 한판 붙나보지?"

그때 아스크의 사위에서 흑마법사와 용병, 키메라들이 동시에 달려들었다.

"내 곁에 오면 다 죽여버린다니까, 벌레 같은 것들아."

아스크의 몸에서 검은 마기가 폭사되었다.

수십갈래로 나뉘어진 검은 마기들이 사방으로 뻗어나갔다.

푸푸푸푸푸푹!

달려들던 마도국 병사들은 전신에 바람구멍이 숭숭 뚫려 쓰러졌다.

"둘 중에 누가 죽을까? 궁금해 미치겠네. 크크큭."

*   *   *

루틴과 제피아가 다크 마나를 축적하느라 소강상태에 접

어들자 그라함 왕국군이 다시 힘을 얻어 마도국의 병사들을 몰아쳤다.

아르디엔은 그랑벨을 들고서 이그나이트와 싸우는 중이었다.

그가 비기를 사용해야겠다고 마음먹은 뒤, 버닝 소울 무리가 본격적으로 각성하고, 루틴이 전장에 참여했다가 다크 마나를 모으기까지 채 5분도 지나질 않았다.

그 짧은 시간 동안 전장의 상황은 너무나 빠르게 변하고 있었다.

지금은 그라함 왕국군이 마도국 병사들을 압박하고 있었다.

그런데 어느 순간부터 더 이상 큰 압박을 줄 수 없었다.

원인은 악령들에게 있었다.

이제 모든 버닝 소울 키메라가 악령으로 변했다.

적군의 칼에 목이 잘려 악령으로 되는 이가 있는가 하면, 스스로 숨을 끊고 악령이 되는 이도 수두룩했다.

그들을 상대할 수 있는 건 오러 익스퍼트 하급 이상의 사람뿐이었다.

게다가 악령들은 사람들이 듣도 보도 못한 해괴한 공격을 가해왔다.

기이한 울음으로 사람의 정신을 망가뜨려 지독한 우울함

에 시달리다 자살하게 만들었다.

온갖 악령에게 쫓기는 환상을 보게 해서 정신을 파괴시켰다.

사람의 목을 물어뜯어 똑같은 악령으로 만드는 녀석도 있었다.

이런 상황이다 보니 속수무책으로 당할 수밖에 없었다.

오러를 제법 다룰 줄 아는 이들이 최대한 노력하고 있었지만, 죽이는 수만큼, 악령이 늘어났다.

사람을 죽여 자신과 똑같은 존재로 만드는 악령 고스트 때문이었다.

놈들은 푸른빛의 반투명한 몸을 가지고 있다.

하늘을 날아다니며 마기를 사용해 사람을 죽인다.

놈들에게 당한 이들은 똑같은 고스트가 되어 또 다른 이들을 고스트로 만들어 버린다.

그렇다보니 죽이면 죽일수록 악령의 수가 줄기는커녕 늘어나기만 했다.

이 상황을 어떻게 타개해야 하는지 고민하던 그때.

더 큰 재앙이 찾아왔다.

크롸아아아아아아아!

아르디엔과 난투를 벌이던 이그나이트가 그라함 왕국군의 진영을 보며 입을 크게 벌렸다.

"……!"

순간 아르디엔은 낭패감에 빠졌다.

콰하아아아아아아!

이그나이트의 입안에서 형성된 검은 연기가 광선처럼 쏘아져나가 수백의 사람들을 덮쳤다.

"아아악!"

"내, 내 몸이!"

"사, 살려줘어어어어어!"

언데드 브레스!

연기에 맞는 모든 이들이 좀비나 구울, 스켈레톤으로 변하기 시작했다.

살이 썩어 들어가면서 부패한 이들은 좀비가 되었다.

그보다 더욱 심하게 부패해 버린 이들은 좀비보다 강한 구울이 되었다.

살점이 모두 떨어져 뼈만 앙상하게 남은 이들은 스켈레톤으로 변했다.

그 장면은 정말이지 끔찍하게 지독했다.

조금 전까지만 해도 내 옆에 있던 전우가 끔찍한 언데드 몬스터가 되는 과정을 지켜보며 혼절하는 이들도 많았다.

언데드 몬스터가 된 이들은 그라함 왕국군을 무차별적으로 공격했다.

이제 그들은 철저하게 이그나이트의 종이 되었다.

아르디엔이 이를 빠득 갈았다.

'기회가 나지 않아.'

데미갓으로 있을 수 있는 시간은 20분이 채 남지 않았다.

비기를 쓰려면 약간의 준비 시간이 필요한데, 이그나이트
가 그럴 틈을 주지 않았다.

방금도 언데드 브레스를 토해낸 뒤, 바로 아르디엔을 공격
해 들어왔다.

한쪽에서는 병사들이 악령으로 변하고, 또 한 쪽에서는 언
데드 몬스터로 변했다.

그럴수록 그라함 왕국군의 사기는 계속해서 떨어졌다.

Chapter 07
각성! 소울 힐러

아르디엔 전기

마리엘은 점점 전쟁이 버거워졌다.

그라함 왕국군이 밀리기 때문이 아니다.

그녀의 눈에 보이는 수많은 '존재'들 때문이다.

사령술사가 아니면서도 그녀는 영혼을 볼 수 있었다.

영혼을 보는 눈, 영안(靈眼).

그것이 마리엘이 뇌파를 수련하면서 두 번째로 얻게 된 능력이었다.

한데 그 때문에 이 전쟁이 괴로웠다.

시간이 흐를수록 죽어가는 사람들은 많아졌다.

그만큼 그녀의 눈에 보이는 영혼도 많아졌다.

영혼들은 자신을 보는 이들을 직감적으로 눈치챈다.

죽은 전장의 영혼들이 마리엘에게 다가왔다.

누구는 목놓아 울었고, 누구는 자신이 죽을때가 아니라며 억울함을 하소연했다.

마리엘에게 죽임을 당한 영혼은 그녀에게 온갖 욕을 퍼부었다.

적들에게만 집중해도 모자를 판인데 온갖 잡다한 영혼들이 달라붙으니 정신이 하나도 없었다.

게다가 영혼들은 자신이 죽었을 당시의 모습을 하고 있다.

그렇다보니 무척이나 괴기스러웠다.

"네년이 날 죽였겠다! 이 쳐죽일 년!"

"마리엘! 날 살려줘요! 당신은 방법을 알고 있는 거 아닌가요?"

"크흐흐흐흐흑! 내가 죽었어! 내가 죽었다구우우우!"

"이따위 전쟁, 참여하는 게 아니었어! 진작 탈영해 버릴 걸 그랬어!"

"난 이제 어쩌요? 집에 늙은 어머니가 계세요. 혼자 계신다구요. 제가 살아돌아오기만을 간절히 바라고 계실텐데… 몸도 안 좋으신데… 흐윽. 미리 장가라도 가둘 것을……."

마리엘의 이마에 힘줄이 잔뜩 돋아났다.

"아악! 진짜 시끄러워 죽겠네!"

버럭 성질을 내는 마리엘의 곁으로 크라임이 다가왔다.

"왜 그래?"

"영혼들……."

"영혼? …그렇군."

크라임이 시체들로 가득한 전장을 둘러보고 고개를 끄덕였다.

마리엘에게 영안이 있다는 건 하멜 후작가의 사람들이 대부분 알고 있었다.

"영혼들이 계속 괴롭히는거야?"

마리엘은 설명하는 대신 크라임의 손을 잡았다.

그러자 크라임의 눈에 마리엘 주변으로 산처럼 달라붙은 영혼들이 보였다.

"……!"

그 담대한 크라임도 놀라서 마리엘의 손을 뿌리쳤다.

"이런 상황이야."

"장난이 아니군."

잠깐 두 사람이 대화를 나누는 와중 키메라들이 달려들었다.

마리엘이 욕을 하며 채찍을 휘둘렀다.

크라임은 암기를 던졌다.

키메라들은 전부 일격에 죽어나갔다.

"아무래도 더 싸우기는 무리인 것 같아, 마리엘."

"하지만 지금 상황에서 한 명이라도 전력이 줄어버리면 더 밀리고 말텐데?"

"그러다 마리엘이 잘못되기라도 하면 어쩌려고?"

마리엘이 겨우 미소 지었다.

"이런 상황에서도 나 걱정해 주는 거야?"

"물론."

쪽!

두 사람이 전장에서도 진한 사랑을 과시하며 입을 맞췄다.

그러자 바로 영혼들의 원망이 들려왔다.

"지금 사람 죽여 놓고 뭐하는 짓이냐, 이 년아!"

"전장에서 팔자 좋으시네요."

"나, 나도… 고향에 애인이 있는데… 으흐흐흐흑!"

마리엘의 머리가 지끈거려왔다.

"하아아아. 진짜 돌겠네."

도무지 싸움에 집중을 할 수가 없었다.

결국 마리엘은 공간이동능력을 이용해, 전장에서 멀리 떨어진 곳으로 자리를 옮겼다.

영혼들은 그런 마리엘을 귀신같이 발견하고 따라왔다.

그리고서는 또 제각각 자기얘기만을 해댔다.

"다들 입 다물어!"

마리엘은 사색이 된 얼굴로 소리쳤다.

영혼들은 대부분 입을 닫았지만, 오직 한 명, 마리엘에게 죽은 흑마법사의 영혼이 계속 떠들어댔다.

"이 망할 계집년아! 네가 날 죽였다고 해서 그라함 왕국이 이길 것 같으냐! 절대 그런 일은 없다! 천지가 개벽하지 않는 이상, 아니 천지개벽이 일어난다 하더라도 결국 승리하는 건 위대한 게르갈드일 것이다!"

"내가 닥치랬지!"

마리엘이 무심결에 주먹을 내질렀다.

그러면서도 그녀는 어차피 영혼이라 맞지도 않을 건데 내가 뭐하러… 하며 후회했다.

한데.

퍽!

"어?"

"컥!"

맞았다.

마리엘의 주먹에 맞은 영혼이 비틀거리며 뒤로 물러섰다.

"방금… 맞았어?"

당황스러웠다.

놀란 건 마리엘뿐만이 아니었다.

얻어맞은 영혼도 어처구니가 없었다.

"사령술사도 아닌 년이… 어떻게… 어떻게 산자가 죽은자를……?"

방금 마리엘 한 행동은 사령술사들도 불가능하다.

영혼에게 물리적 타격을 준다니.

있을 수 없는 일이다.

그런데 마리엘은 그것을 해냈다.

"이게 대체……."

마리엘이 자기 주먹을 바라봤다.

그 사이, 얻어맞은 영혼이 마리엘에게 다시 바짝 다가와 성을 냈다.

"무슨 속임수를 부린 건지 모르겠지만 안 속는다! 이건 말도 안 되는 일이다!"

마리엘의 시선이 고래고래 악을 쓰는 영혼에게 향했다.

그런데 그 영혼의 정수리에 얇은 바늘 같은 것이 뾰족하게 솟아 있었다.

마리엘은 다른 영혼들을 살폈다.

그들에게도 다 똑같은 것이 정수리에 돋아 있었다.

마리엘은 버럭버럭 악 쓰는 영혼의 정수리에 박힌 그 바늘 같은 것을 무심코 잡아 뽑았다.

쏙.

그 순간.

"억!"

영혼의 안색이 파리해졌다.

그러더니 무언가에 빨려들 듯 하늘로 승천했다.

"…어?"

마리엘은 자신이 무슨 짓을 한 건지 알 수 없었다.

방금 마리엘은 어마어마한 일을 해냈다.

그것은 프리스트나 사령술사만이 할 수 있는 일이었다.

바로, 천도(薦度).

죽어버린 영혼들은 스스로 하늘에 올라가야 한다.

그런데 이승에 미련이 남아 올라가지 못하고 남아 있는 영혼들이 제법 있다.

개중 사악한 영혼은 산사람을 괴롭히기도 한다.

그런 영혼들을 강제로 하늘에 올려 보내는 것이 천도다.

하지만 천도라는 것이 쉬운 일은 아니다.

한이 깊은 영혼일수록 천도를 시키는 게 오랜 시간이 걸린다.

방금 그 흑마법사 영혼은 제법 한이 깊었다.

그런데 마리엘은 그의 정수리에 나 있던 바늘을 뽑아버리는 것만으로 천도를 시켜 버렸다.

천도에 관한 지식은 마리엘에게도 있었다.

그녀는 페르소나 뱅가드의 기사로 자라나기 위해 여러 가지 수업을 받았다.

천도 역시 그때 알게 된 것이다.

"혹시 지금 내가… 천도를 한 거야?"

아무래도 귀신을 보는 능력, 영안의 능력이 그새 업그레이드 된 것 같았다.

마리엘은 시험 삼아 또 다른 영혼의 정수리에서 바늘을 뽑았다.

"어? 으어어어어아아아아아아!"

그 영혼 역시 삽시간에 승천했다.

"역시… 천도를 할 수 있게 된 거야?"

마리엘의 능력을 본 영혼들이 저마다 시끄럽게 떠들어댔다.

누구는 놀라서, 누구는 화가 나서, 또 누구는 자신을 하늘로 올려 보내지 말라고.

시끄러웠다.

저들을 단숨에 모두 천도시켰으면 좋겠다고 마리엘은 생각했다.

그때였다.

"어?"

영혼들의 정수리에 박힌 바늘들이 실처럼 죽 늘어나더니

마리엘의 손가락 열 개에 전부 연결되었다.

마리엘이 오른손을 뒤로 획 당겼다.

그러자 오른손에 연결되어 있던 영혼들이 일제히 승천했다.

"으아아아아아!"

"아직은 아니야! 아직 갈 수 없다고!"

영혼들은 끝까지 시끄러웠다.

마리엘이 귀를 후비적거렸다.

"그러니까 닥치라고 할 때 닥쳤어야지."

그에 나머지 영혼들은 모두 입을 다물었다.

하지만.

"이미 늦었어."

마리엘이 씩 웃으며 왼쪽 손도 획 당겼다.

"이럴 수는 없습니다!"

"사, 살려주세요!"

남아 있던 영혼들도 모두 승천하게 되었다.

마리엘이 하늘을 보며 히죽 웃었다.

"이미 죽었는데 어떻게 살려줘? 죽은 사람들은 자기가 있어야 할 곳으로 가야지."

혼잣말을 하며 시시덕거리던 마리엘이 갑자기 무언가를 진지하게 생각했다.

그러다 손을 딱 튕겼다.

딱!

"그래, 그거야. 기다려라, 악령들."

* * *

크라임은 전장에서 사라진 마리엘이 걱정되었다.

하지만 그렇다고 넋 놓고 있을 수는 없었다.

걱정은 한 켠으로 접어두고 계속 적병들의 숨을 끊어 나갔
다.

몇 달 전까지만 해도 그는 서열 삼 위안에 드는 어쌔신이었
다.

그러나 십존과의 싸움에서 서열 1위 어쌔신 흑제 일레인
제펠을 제압하고 최강의 어쌔신이 되었다.

그의 몸 곳곳에서 튀어나오는 암기와 독, 귀신같은 은폐,
엄폐술, 그리고 무서운 암살기술에 숱한 이들이 운명을 달리
했다.

더불어 뇌파의 기술 새도우 워커까지 동원해 그림자 속으
로 숨어 버리니 크라임을 당할 자가 아무도 없었다.

하나, 그렇다고 전체적인 상황이 호전되지는 않았다.

고스트들은 이제 죽어가는 마도국 병사들을 무조건 마기

로 죽여 고스트로서 부활시켰다.

그러니 아무리 많은 병사를 죽인다고 한들, 그 수가 쉽게 줄어들지 않았다.

'이래서는……'

위기감을 느낀 크라임이 하늘로 시선을 돌렸다.

아르디엔은 여전히 이그나이트와 대치 중이었다.

다시 주변을 살폈다.

하멜 후작가의 병사와 기사들, 마법사들, 용병들. 그리고 그들을 이끄는 장수들은 모두 훌륭하게 싸워주고 있었다.

하지만 죽여도 죽여도 더욱 상대하기 벅찬 고스트로 다시 살아나는 적들 앞에 지쳐가는 모습이었다.

고스트만이 문제가 아니었다.

데스나이트와 셰이드, 그리고 처녀의 혼으로 만들어진 밴시, 짙은 원한을 품고 죽은 원혼이 사령술사의 힘을 빌어 악령의 형태로 되살아나게 된 스펙터 등등 그 외에도 많은 악령들이 그라함 왕국군을 괴롭혔다.

특히 밴시는 몸에 실오라기 하나 걸치지 않은 여인의 모습을 한 악령이다.

밴시는 구슬픈 울음소리를 사방으로 퍼뜨리는데, 이를 듣게 된 이들은 무기력증 빠지면서 모든 능력들이 현저히 하락되어 버린다.

스펙터는 셰이드와 비슷한 형상을 하고 있다.

마치 사람이 거대한 망토를 몸에 둘러쓰고 하늘을 날아다니는 것 같은 형태다.

하지만 셰이드가 검은색인 반면, 스펙터는 하얀색이다.

들고 다니는 무기는 없고, 망토 속에 감추고 있는 날카로운 손톱으로 사람을 찢어 죽인다.

스펙터는 악령들 중에서 가장 힘이 약했다.

그래서 밴시와 짝을 이뤄 다닌다.

밴시의 울음으로 적병들이 무기력해지면 스펙터가 그들을 찢어 발겼다.

그리고 고스트가 다가와 죽어가는 적병들을 고스트로 부활시켰다.

고스트의 수가 늘어남과 비례해서 새로이 고스트로 부활하는 수도 늘어났다.

도무지 이 난관을 해결할 방도가 없었다.

전장에 뛰어 들어 열심히 봉을 휘두르는 고르다스 대공도 막막하기는 마찬가지였다.

삼대성군은 고르다스 대공의 주변을 호위하며 소리쳤다.

"대공 각하! 전장은 우리가 맡을 테니 후방으로 빠져 계십시오!"

"언제 또 저 간악한 드래곤이 죽음의 입김을 뿜을지 모를 일입니다!"

"스승님께서는 전장에 뛰어드실 게 아니라 현명한 지휘를……!"

리호른 백작, 칼토르 후작이 차례대로 말을 한 뒤, 레이먼 백작이 한마디를 건네려는데 고르다스 대공이 그의 말을 잘랐다.

"나도 그러고 싶지만, 제자야. 딱히 묘안이 떠오르지가 않을 뿐더러 지금 이 상황에서 어떻게 해야 현명한 지휘를 할 수 있는 것인지 모르겠구나. 그러니 어쩌겠느냐. 직접 뛰어들어 싸울 수밖에!"

그때 밴시와 짝을 지은 스펙터 무리가 다가왔다.

"ㅎㅇㅇㅇㅇㅇㅇ윽!"

밴시의 통곡이 삼대성군을 비롯, 고르다스 대공의 귀에 전해졌다.

그들이 일제히 미간을 찌푸리는 순간 스펙터 여섯 마리가 달려들었다.

다른 인간들이 그랬던 것처럼 이들도 쉽게 찢어발길 수 있으리라 생각했다.

그러나.

서걱! 콰직! 슈각!

조각이 난 건 스펙터들이었다.

삼대성군과 고르다스 대공은 정신력이 강한 이들이다.

아무리 밴시의 통곡이 사람의 정신을 건드린다 해도, 이들에겐 통하지 않았다.

여섯 마리의 스펙터가 손 한 번 못 써보고 오러 어린 무기들에 얻어맞아 죽었다.

그들의 몸이 흩어지며 빠져나온 영혼은 비로소 하늘로 올라갔다.

물론 그러한 광경은 일반 사람들 눈엔 보이지 않았다.

홀로 남은 밴시는 당황해서 도망치려 했다.

"어딜!"

고르다스 대공이 홀쩍 뛰어올라 긴 봉으로 밴시의 머리통을 후려쳤다.

콰직!

밴시의 머리가 깨지며 그대로 절명했다.

상대를 가리지 않고 마구 달려든 악령들의 최후였다.

삼대성군과 고르다스 대공은 악령들이 아무런 피해도 입힐 수 없었지만 다른 일반 병사들이 문제였다.

처음 전장에 투입된 그라함 왕국군의 수는 50만이었다.

30만의 병력은 마레타히트에서 얼마 떨어지지 않은 군사 도시 벨라크에 배치되어 있었다.

전투에서 그라함 왕국군이 불리해질 경우 바로 투입될 예정이었다.

하지만 그럴 수가 없었다.

그 병력이 투입되어 봤자, 하나같이 고스트로 변해버릴 것이 분명했다.

현재 그라함 왕국군의 수는 37만으로 그 수가 줄었다.

마도국 병사들은 최초 22만에서 10만까지 줄었다가 고스트의 활약으로 13만까지 늘어났다.

이런 식이라면 그라함 왕국군에 승리는 없었다.

모두의 마음에 좌절만이 가득해지는 그 순간.

"저승사자가 돌아왔거든, 이 악령들아."

마리엘이 전장에 다시 나타났다.

*   *   *

언제부터 뇌파의 두 번째 힘, 영안이 그토록 거대해졌는지 알 수 없었다.

물론 마리엘은 뇌파의 힘을 키우겠다고 평소에도 연습을 게을리 하지 않았다.

하지만 뇌파의 힘은 점차적으로 강해지는 게 아니라, 어느 순간 확 도약을 하는 식이었다.

이번에도 그렇게 영안을 넘어서는 힘을 얻게 된 것이다.

마리엘은 두 번째 뇌파의 힘을 정정했다.

이제 그 힘은 영안이 아니라.

"소울 힐러."

부패하고 타락하고, 그래서 아픈 영혼을 치유시켜 가야 할 곳으로 인도하는 자.

마리엘은 그 힘의 이름을 소울 힐러라 붙였다.

높은 언덕에 서서 전장을 바라보던 마리엘이 두 손을 앞으로 내밀었다.

"한 번에 얼마나 많은 놈들을 천도 시킬 수 있을지 모르겠는데."

그녀도 이 능력을 두 번째 써보는 것이다.

그러니 능력의 범위와 한계를 알 수 없었다.

"자, 그럼… 응?"

마리엘이 소일 힐러의 능력을 사용하려는데 악령들의 정수리엔 아무것도 보이지 않았다.

악령들은 말 그대로 죽은 자의 영혼으로 만들어진 존재다.

해서, 그 자체만으로도 영혼이라 볼 수 있다.

때문에 정수리에 그들을 하늘로 천도시키는 바늘이 보여야 했다.

마리엘은 그 바늘을 하늘로 인도해주는 연결고리, '링크'라 불렀다.

"링크가 보이지 않아."

그런데 링크뿐만 아니라 죽은 이들의 영혼도 보이지 않았다.

전장에 그녀가 다시 나타난 걸 알면 지금 막 죽어버린 영혼들이 마구 달라붙어야 정상이다.

하지만 고요했다.

'혹시……'

마리엘이 혹시나 하는 마음에 뇌파의 두 번째 힘을 개방해야겠다고 마음먹었다.

그 순간 전장의 영혼들이 보였다.

영혼들은 늘 그렇듯 마리엘의 존재를 알아보고서 우르르 몰려들어 시끄럽게 떠들어댔다.

"아하, 이제 영안도 내 마음대로 닫았다 열었다 할 수 있다는 거지."

전에는 그것이 잘 컨트롤 되지 않았다.

한데 힘이 강해지며 스스로 컨트롤 할 수 있는 경지까지 오게 되었다.

영안을 개방한 마리엘이 열 손가락을 쫙 폈다.

주변에 모여든 영혼들의 링크가 열 손가락에 모조리 달라붙었다.

마리엘이 씩 웃으며 손을 위로 휙 털었다.

영혼들이 일제히 비명을 지르며 하늘로 천도되었다.

"나한테 고마워하라고."

천도 된 영혼들에게 안녕을 고하며 고개를 들어 올렸다.

그런 그녀의 시야에 격전을 펼치는 아르디엔과 이그나이트가 보였다.

그들이 한 번 부딪힐 때마다 천둥치는 소리가 울려퍼졌다.

충격파는 대기를 진동시켜 대지까지 흔들리도록 만들었다.

거대한 두 존재가 싸우는 하늘 밑으로는 단 한 명의 병사도 존재치 않았다.

그 아래 있다간 충격파에 얻어맞아 으깬 호두처럼 되어 버릴 것이다.

"아르디엔. 내가 할 수 있는 건 여기까지야."

아르디엔에게 남은 시간은 겨우 10분.

그 이후엔 데미갓이 풀려버린다.

물론 마리엘이 그걸 알 리는 없었다.

하지만 아르디엔에게 시간이 많지 않다는 걸 직감했다.

마리엘이 열 손가락을 쫙 펼쳐서 전장을 향해 내밀었다.

그녀의 개방된 영안에 악령들의 링크가 고스란히 들어왔다.

"끌어 올 수 있는 대로 최대한 끌어와!"

마리엘의 외침이 터져 나감과 동시에 악령들의 링크가 일제히 그녀의 열 손가락으로 끌려왔다.

전장에서 마리엘 선 언덕 위로 일만여 개의 링크들이 아름다운 궤적을 그렸다.

마침내 그 많은 링크들은 마리엘의 열 손가락에 닿았다.

무언가 불길함을 느낀 악령들은 동시에 마리엘을 바라보았다.

하지만 이미 때는 늦었다.

"신나게 놀았으면 이제 집에 가야지?"

방긋 웃은 마리엘이 두 팔을 위로 들어 올렸다.

"승천해, 이것들아!"

끼아아아아아악!

크뤠엑!

그워어어어어어!

일만의 악령들이 저마다 기이한 비명을 내질렀다.

악령들의 몸은 전부 검은 연기로 변해 사라졌고, 그들의 영혼은 비로소 치유되어 하늘로 올라갔다.

악령들과 전투를 벌이던 그라함 왕국군은 갑자기 숱한 악령들이 사라지자 의아해했다.

그중 유일하게 크라임만이 언덕 위의 마리엘을 바라보았다.

마리엘도 그 많은 사람들 중에 크라임을 정확히 포착하고서 엄지를 세웠다.

"더 멋진 여자가 됐군, 마리엘."

크라임이 미소 지었다.

Chapter 08
진공참

아르덴 전기

"지금 무슨 일이⋯⋯."

자메인이 놀라 입을 쩍 벌렸다.

자신의 지배하에 있던 악령들 일만이 순식간에 죽임을 당했다.

당황스러운 건 루틴도 마찬가지였다.

생명에너지를 끌어 모아 다크 마나를 축적하던 그가 크게 소리쳤다.

"자메인! 이게 어떻게 된 건가!"

자메인이 황급히 루틴의 곁으로 다가왔다.

"모르겠습니다."

그 말은 루틴을 분노케 만들었다.

"모르다니! 그게 자네 입에서 나올 말인가?"

자메인도 답답했다.

하지만 모른다는 것 말고는 다른 얘기를 할 수가 없었다.

모르는 걸 안다고 할 수는 없잖은가?

"영문을 모르겠습니다. 이런 경우는 처음인지라……."

그때 자메인의 시선이 높은 언덕으로 일제히 날아드는 악령들에게 향했다.

'…뭐지?'

악령들은 지금 자메인의 명령을 받아 적들을 멸살하는데 주력하고 있었다.

한데 그 악령들이 언덕 위의 한 사람을 목표로 몰려들고 있었다.

그리고 놀라운 광경이 벌어졌다.

언덕으로 향하는 2만의 악령 중 반 가까이 되는 수가 갑자기 검은 연기로 변해 사라졌다.

자메인의 눈이 크게 떠졌다.

"저 계집이구나!"

그의 외침에 루틴의 시선도 언덕으로 향했다.

그가 마리엘을 노리며 마법을 시전하려 했다.

"헬파이……!"

하지만 그는 시전어를 끝까지 외칠 수 없었다.

루틴이 시전하려 했던 8서클 화염 마법, 헬파이어의 뜨거운 불길이 갑자기 숫구쳐 그를 덮쳤기 때문이다.

"블링크!"

루틴은 공간 이동 마법을 시전, 겨우 헬파이어를 피했다.

빠드득!

그가 이를 갈며 앞을 바라보았다.

저 멀리 서 있는 제피아가 한 손으로 루틴을 겨냥하고 있었다.

"제피아, 네 이놈!"

"우리의 악연을 그만 끝내기로 하지."

두 형제의 사나운 시선이 허공에서 어지럽게 얽혔다.

*   *   *

마리엘의 능력은 그야말로 대단했다.

밴시와 스펙터, 고스트, 셰이드는 물론이고 혼자서 천명의 병사를 상대할 수 있다는 데스나이트 조차 그녀의 손짓 한 번에 승천하고 말았다.

"너희들이 이제… 마지막이지?"

마리엘이 자신에게 몰려오는 1만 남짓한 악령들을 보며 말했다.

"이 누님이 산뜻하게 보내줄게."

말은 자신 있게 하고 있었지만 그녀의 얼굴은 무척 피로해 보였다.

소울 힐러의 능력으로 2만의 악령을 승천시켰으니 그럴 만도 했다.

당장에라도 방심하면 정신을 놓아버릴 만큼 피로가 극에 달했다.

뇌파라는 것은 뇌의 힘을 사용하는 것이다.

그만큼 정신적 피로가 많이 쌓인다.

하지만 버텼다.

2만의 악령을 승천시켰어도 마지막 1만의 악령을 승천시키지 못하면 아무 의미가 없기 때문이다.

그 1만의 악령 중 고스트는 분명히 존재했고, 그들을 놔두면 또 다른 고스트들을 만들어 낼 것이다.

마리엘은 끊어질 듯 끊어질 듯 위태로운 정신의 끈을 겨우 붙잡고 열 손가락을 폈다.

손가락 끝이 파르르 떨려왔다.

한쪽 눈은 거의 감겨서 나머지 한쪽 눈을 반만 뜨고 악령들을 바라봤다.

"이러다가… 죽는 거 아니야?"

후들거리는 다리에 겨우 힘을 주고 서서 사력을 다해 링크를 빨아들였다.

마리엘에게 다가오던 모든 악령들의 링크가 그녀의 손가락 끝에 닿았다.

"이제… 끝이야."

그 사이 지척까지 다가온 스펙터가 망토 밖으로 날카로운 손톱을 꺼냈다.

그리고 마리엘의 심장에 꽂아 넣으려는 순간!

휙!

마리엘이 손을 높이 들어 올렸다.

키에에에에에에엑!

스펙터가 귀청이 찢어지는 비명을 지르며 검은 연기로 변했다.

그것을 시작으로 1만의 악령들 전부가 검은 연기로 화해 사라졌다.

실로 믿기 힘든 광경이었다.

마리엘 혼자서 삼만여의 악령들을 모두 퇴치해 버린 것이다.

갑자기 악령들이 일제히 소멸되어 버리자 사람들은 어리둥절했다.

그때 크라임이 언덕위의 마리엘을 보며 소리쳤다.

"최고야, 마리엘! 역시 내가 선택한 여자다워!"

그에 모두의 시선이 언덕 위로 향했다.

그곳엔 마리엘이 거의 기절할 듯한 모습으로 간신히 서 있었다.

그라함 왕국군은 마리엘을 확인하고서 우레와 같은 함성을 터뜨렸다.

우와아아아아아아아아!

"마리엘! 마리엘!"

누군가 그녀의 이름을 연호했다.

그러자 다른 이들도 덩달아 마리엘을 외쳤다.

"마리엘! 마리엘! 마리엘! 마리엘!"

곧 그녀의 이름은 전장을 쩌렁쩌렁 울리게 되었다.

마리엘은 언덕 위에서 이 놀라운 광경을 넋이 나가 바라보았다.

처음이었다.

사람들이 그녀의 이름을 그토록 열정적으로 외쳐준 것은.

"뭐야……."

당황스러웠다.

"마리엘! 마리엘! 마리엘! 마리엘!"

전장의 모든 그라함 왕국군들이 그녀의 이름을 부르며 따뜻한 시선, 존경스러운 시선, 경외감에 가득 찬, 아무튼 온갖 좋은 에너지로 가득 찬 시선만을 보내왔다.

그에 마리엘의 가슴이 뜨겁게 들끓었다.

알 수 없는 감정이 울컥하고 치솟아 목울대를 뜨겁게 만들었다.

또르르르.

무언가가 뺨을 타고 흘러내렸다.

눈물이었다.

그녀는 자신도 모르는 새 울고 있었다.

단 한 번도 이토록 많은 이들이 그녀에게 따스한 마음을 보낸 적이 없었다.

그들은 지금 그녀에 대한 고마움을 마음으로 전하고 있었다.

그것이 고스란히 느껴졌다.

마리엘이 눈물을 닦았다.

하지만 눈물은 멈추지 않고 계속해서 흘러내렸다.

결국 마리엘은 흐르는 눈물을 그냥 놔두기로 했다.

대신 웃었다.

예쁜 입꼬리가 위로 말려 올라갔다.

그녀에게 다가오는 사람들의 마음이 봄날의 햇살보다 더 따스했다.

마리엘이 그 마음에 보답하듯 한 손을 높이 들어 올렸다.

우와아아아아아아아아아!

병사들은 그녀의 그 간단한 동작 하나에 열광했다.

마리엘은 지금 자신의 얼굴이 궁금했다.

자신이 태어난 이후 지금 가장 행복한 표정을 짓고 있을 것 같았다.

그녀의 연인인 크라임 조차도 마리엘의 저토록 해맑은, 아이 같은 미소를 본 적이 없었다.

그런데 긴장이 풀리는 순간 갑자기 왼쪽 가슴이 화끈거렸다.

"…어?"

이상했다.

그녀의 가슴에 갑자기 커다란 구멍이 뚫리며 피가 울컥울컥 쏟아졌다.

"왜 이러지……? 아… 그 악령 놈."

마리엘에게 손톱을 들이댔던 스펙터.

마리엘은 위기일발의 순간 스펙터를 승천시켰다고 생각했다.

한데 아니었다.

스펙터의 손톱 끝이 그녀의 가슴을 파고 들어갔다.

가뜩이나 뇌파의 힘을 많이 써서 정신적 피로가 한계를 초월한 상황이었다.

그런데 몸까지 이 모양이라니.

하지만 마리엘은 지금 짓고 있는 그 미소를 잃기 싫었다.

마리엘의 입술 사이로 그녀의 작은 음성이 새어 나왔다.

"이런 날, 이런 기분으로 죽는다면 그것도 나쁘지 않을 것 같아."

마리엘은 웃는 얼굴 그대로 털썩 쓰러졌다.

"……!"

크라임이 섀도우 워커의 기술을 사용해, 그림자 속에 녹아 들었다.

평소보다 훨씬 빠른 속도로 그림자를 타고 이동한 그가 마리엘의 그림자 속에서 모습을 드러냈다.

"마리엘!"

크라임은 평안한 모습으로 누워 있는 마리엘을 보며 그녀를 불렀다.

하지만 아무런 반응이 없었다.

얼굴은 핏기 없이 창백했다.

크람이 품에서 힐링 포션을 꺼내 다급히 그녀의 상처난 가슴에 부었다.

힐링 포션의 뛰어난 치유능력으로 상처는 곧 아물었다.

크라임은 마리엘의 얼굴을 천천히 쓰다듬었다.

"마리엘. 이제 괜찮……."

순간.

또르륵.

그녀의 코에서 피가 흘러내렸다.

"마리엘!"

크라임이 마리엘을 들어 품에 끌어안았다.

한데 그녀의 머리와 팔이 땅을 향해 축 처졌다.

"마리엘! 정신 차려! 마리엘!"

크라임은 몇 번이고 그녀의 이름을 불렀다.

그리고 계속해서 몸을 흔들었다.

하지만 마리엘은 끝끝내 대답하지 못했다.

몸은 서서히 차가워져 갔다.

코에서 흐르는 피는 여전히 멈추지 않았다.

"아, 아니지? 마리엘… 거짓말이지? 그렇지?"

크라임이 마리엘의 뺨을 거칠게 쓸었다.

"장난치지 마, 마리엘. 당신 같은 여자가 이렇게 쉽게… 그럴 리 없잖아!"

크라임은 마치 엄마를 잃어 어쩔 줄 몰라 하는 아이처럼 혼란스러워했다.

그가 마리엘의 코에 손을 댔다가 심장에 귀를 가져갔다.

"……."

고동치며 뛰어야 할 생명의 소리가 들려오지 않았다.

"마리엘, 괜찮아. 괜찮을 거야. 내가 괜찮게 만들 거야."

크라임은 죽어 가는 사람을 소생시킬 수 있는 수십 가지의 방법을 알고 있다.

그는 그 모든 방법들을 하나하나 마리엘에게 사용했다.

약을 이용한 방법도, 혈을 누르는 방법도, 충격 요법을 이용한 방법도, 그 외에 다양한 방법들을 전부 다 사용했다.

그러나 마리엘은 눈을 뜨지 않았다.

"마리엘… 마리에에에에엘!"

마리엘을 끌어안은 크라임의 눈에서 뜨거운 눈물이 쏟아졌다.

"으아아아아아아아아아아악!"

크라임이 상처 입은 야수처럼 포효했다.

마리엘은 끝까지 얼굴에 미소를 잃지 않고 있었다.

그녀의 얼굴은 너무나… 너무나 평안해 보였다.

*　　　*　　　*

아르디엔이 언덕을 바라보았다.

크라임의 포효가 그의 마음을 뒤흔들었다.

크라임의 품엔 마리엘이 안겨 있었다.

'설마.'

불길했다.

제발 아니기를, 자신의 예상이 틀렸기를.

그러기를 바라는 아르디엔의 옆구리에서 엄청난 충격이 전해졌다.

콰아아아앙!

이그나이트의 꼬리가 아르디엔을 후려친 것이다.

"크윽!"

옆으로 날아가던 아르디엔이 이를 악물었다.

그가 허공에서 멈춰섰다.

그리고 그랑벨을 두 손으로 그러쥐었다.

순간 이그나이트가 무서운 속도로 날아와 맹공을 퍼부었다.

이그나이트는 아르디엔이 검을 두 손으로 쥘 때마다 더욱 광폭하게 변했다.

이그나이트는 아르디엔이 무언가 위험한 공격을 하려 한다는 걸 본능적으로 느꼈다.

아르디엔이 비기를 사용하기 위해선 힘을 모을 시간이 필요했다.

이그나이트가 그 시간을 주지 않으니, 도무지 비기를 사용할 수가 없었다.

지금도 마찬가지였다.

하지만, 아르디엔은 힘이 충분히 모이지 않은 그 상황에서 검을 휘둘렀다.

검날에 차오르던 초월자의 힘이 다가오는 이그나이트를 향해 날아갔다.

이그나이트가 몸을 뒤틀어 그것을 피하려 했다.

하지만 그런다고 피할 수 있는 공격이 아니었다.

아르디엔이 갖은 노력을 기울여 만들어 낸 이 기술의 이름은 진공참(眞空斬)!

공간을 베어버리는 기술이다.

이미 검이 휘둘러지는 순간, 아르디엔이 베려 했던 공간은.

서거거걱!

크롸아아아아아아아아아!

시간차를 두지 않고 베어진다.

꼬리가 한움큼 잘린 이그나이트가 피를 철철 흘리며 몸부림을 쳤다.

콰아아아아아앙!

추락한 꼬리가 바닥에 충돌하며 엄청난 지진이 일었다.

땅이 파이며 비산한 흙과 돌덩이의 파편들이 사방으로 튀었다.

콰콰쾅! 콰르르르르!

파편에 얻어맞은 마레타히트의 성벽 일부가 힘없이 무너져 내렸다.

멀리 떨어져 있던 그라함 왕국군 병사 여러 명이 쏜살처럼 날아든 파편에 얻어맞아 절명했다.

이그나이트는 계속해서 고통에 몸부림쳤다.

하지만 꼬리는 빠르게 자라나고 있었다.

아르디엔은 그랑벨을 들어 올렸다.

이번에는 충분한 힘을 모을 수 있었다.

사실 첫 번째 공격은 모험에 가까웠다.

제대로 힘을 모으지 못한 채 시전하는 진공참이 과연 이그나이트에게 먹힐 것인지 알 수 없었다.

한데 녀석의 꼬리가 잘려나갔다.

아르디엔은 놈이 발광하는 시간 동안 그랑벨에 충분한 힘을 모았다.

이제 이 힘을 다 소진하고 나면 아르디엔은 데미갓의 상태에서 풀려나게 된다.

그새 꼬리가 다 자란 이그나이트가 위기를 느끼고서 아르디엔에게 파이어 브레스를 뿜었다.

콰아아아아아아아아!

뜨거운 불길이 아르디엔에게 쏘아졌다.

아르디엔은 그것을 피해 빠르게 하강했다.

이그나이트가 그런 아르디엔을 쫓았다.

아르디엔이 순간 뒤돌아서며 검을 휘두르려했다.

이그나이트가 움찔 거리며 멈춰서 옆으로 몸을 틀었다.

한데 아르디엔은 다시 몸을 돌려, 이그나이트가 아닌 다른 사람에게 검을 겨누었다.

크라임의 품에 안겨 있는 마리엘이었다.

"아직 늦지 않았다면… 부탁이니 눈을 뜨길."

아르디엔이 검을 휘둘렀다.

검날에 모인 초월의 힘 전부가 마리엘에게 날아들었다.

그것은 진공참이 아니었다.

멀리 떨어진 마리엘에게 자신의 힘을 주입하기 위해 검을 이용해 쏘아 보낸 것이다.

"후우."

모든 힘을 소진한 아르디엔이 힘을 잃고 바닥으로 추락했다.

그가 쏘아보낸 힘은 마리엘에게 무사히 전해졌다.

이제 이후의 일이 어떻게 될지는 모두 운명에 달렸다.

당장의 문제는 아르디엔이었다.

지금 그는 일반인과 다름없는 상태였다.

이대로 떨어져 땅에 충돌하면 즉사해 버리고 만다.

하지만 그전에 이그나이트에게 당하는 게 빠를 것 같았다.

이그나이트가 무서운 속도로 아르디엔을 쫓아왔다.

그를 힘껏 씹어 삼키겠다는 듯 커다란 입을 쩍 벌린 채 말이다.

"내 생각엔… 내가 그다지 맛있을 것 같지는 않은데."

아르디엔이 되도 않는 농담을 했다.

크롸아아아아아아아!

이그나이트는 이미 지척까지 따라왔다.

검은 그림자가 아르디엔을 잠식했다.

이그나이트의 입 안으로 아르디엔의 몸이 빨려 들어갔다.

텁!

녀석의 거대한 입이 닫혔다.

그 광경을 지켜보던 하멜 후작가의 장수들이 경악을 금치 못했다.

Chapter 09
드래곤 나이트

아르디엔 전기

또르륵.

코에서 피가 흘러내렸다.

마리엘은 그 모습을 가만히 지켜보았다.

"마리엘!"

크라임이 마리엘을 품에 끌어안았다.

하지만 마리엘은 아무것도 느낄 수 없었다.

그녀의 혼은 이미 육신에서 빠져나온 이후였다.

"크라임……."

그녀가 연인의 이름을 불렀다.

그러나 크라임은 그녀의 목소리를 듣지 못했다.

"마리엘! 정신 차려! 마리엘!"

목청껏 그녀의 이름을 부르는 크라임을 보고 있자니 눈물이 차올랐다.

마리엘이 크라임에게 다가가 그의 얼굴을 어루만졌다.

아니, 만지려 했다.

하지만 그녀의 손은 크라임의 얼굴을 그냥 통과할 뿐이었다.

크라임의 품에 안겨 미소 짓고 있는 자신의 모습이 생소했다.

이런 게 죽음이라는 건가?

"말이 씨가 된다더니."

정신을 잃을 당시 이런 기분으로 죽는다면 그것도 괜찮을 것 같다 말은 했으나… 정말 죽게 되리라고는 생각지 못했다.

크라임을 만나지 못했던 때라면 미련 없이 죽었을지도 모른다.

하지만 크라임을 두고 먼저 가야 한다는 사실이 너무나 가슴 아팠다.

'이대로 죽어야 한다고? 정말?

인정하기 힘들었다.

마리엘에게 다가와 살려 달라 애원하던 영혼들의 심정이

이제야 이해되었다.

그들에게도 삶에 대한 미련이 있을 것이다.

그것이 가족이든, 아직 이루지 못한 꿈이든.

"아, 아니지? 마리엘… 거짓말이지? 그렇지?"

크라임의 슬픈 음성이 마리엘의 가슴을 쿡쿡 찔렀다.

"장난치지 마, 마리엘. 당신 같은 여자가 이렇게 쉽게… 그럴 리 없잖아!"

"크라임……."

마리엘 스스로도 차라리 이것이 장난이었으면 좋겠다고 수십 번을 더 생각했다.

크라임은 마리엘의 코에 손을 대보기도 하고, 심장에 귀를 가져가기도 했다.

이미 그녀가 죽었다는 것을 알고 있지만, 그래도 혹시나 하는 마음에 저런 1차원적인 행동을 하고 있었다.

평소의 크라임이었다면 이토록 볼썽사나운 짓은 절대 하지 않았을 것이다.

그만큼 마리엘은 크라임에게 큰 의미였다.

"……."

한참 동안 마리엘의 가슴에 귀를 대고 있던 크라임이 눈을 질끈 감았다.

"마리엘, 괜찮아. 괜찮을 거야. 내가 괜찮게 만들 거야."

크라임은 이후 마리엘의 시신에 여러 가지 소생법을 사용했다.

식은땀을 뻘뻘 흘려가며 자신이 아는 모든 방법을 동원하는 크라임을 보고 있자니, 마리엘은 눈물을 참을 수가 없었다.

"그만해… 그만해, 크라임."

마리엘의 영혼이 육신에서 떨어져 나온 지 오래다.

다시 살아날 리가 없었다.

"마리엘… 마리에에에에엘! 으아아아아아아아아아악!"

결국 크라임이 오열하며 울음을 터뜨렸다.

그와는 대조되게도 마리엘의 시신은 미소를 짓고 있었다.

대체 이 상황을 어떻게 받아들여야 하는 것인지… 마리엘의 가슴이 터질 것만 같았다.

"아… 이미 터져서 죽은 거지."

온몸이 난도질당하는 것보다 더욱 아픈 상황에서도 마리엘은 실없는 농담을 했다.

그녀가 정수리 근처를 만져 보았다.

작은 바늘, 링크가 만져졌다.

그것을 잡아당기면 마리엘은 승천하게 된다.

사실 꼭 링크를 당길 필요는 없다.

승천할 마음이 있다면 그 마음 하나만으로도 얼마든지 하늘로 올라갈 수 있다.

하나, 승천하고픈 마음이 들지 않았다.

영혼인 채로라도 좋으니 언제까지고 크라임의 곁에 있고 싶었다.

"후우… 그러면 안 돼."

마리엘이 단단히 마음을 다잡고서 링크를 잡았다.

한데 그때였다.

콰아아아아아아아앙!

엄청난 소리와 함께 지진이 일었다.

소리의 근원지로 시선을 옮겼다.

드래곤의 꼬리가 잘려 바닥에 처박혀 있었다.

"아르디엔이 드래곤을 잡은 거야?"

혹시나 하는 기대감이 잠깐 들었다.

하지만 역시나였다.

드래곤은 꼬리만 잘렸을 뿐, 건재했다.

게다가 꼬리는 다시 빠르게 재생되는 중이었다.

요행스럽게 한 번 공격이 먹혀 들어간 모양이었다.

"크흐흐흐흐흑!"

크라임은 주변에서 굉음이 들려온 것도, 지진이 인 것도 모른 채 계속해서 눈물만 흘렸다.

더 이상은 그런 크라임을 보고 있기 힘들다는 마음과, 그래도 평생 곁에 있고 싶다는 마음이 마리엘의 가슴 속에서 충돌했다.

"하지만 곁에 있어서 뭐할 건데? 의미 없어."

무엇보다 평생 곁에 있다는 것이 말이 안 된다.

죽은 영혼들은 5년 이상 인간계에 머무를 수가 없다. 5년이 지나면 저절로 승천하게 되어버린다.

재수가 없으면 사령술사에게 잡혀 악령으로 변할 수도 있다.

차라리 지금 깔끔하게 승천하는 것이 더 나을 것이다.

마리엘이 다시 링크를 잡은 손에 힘을 주었다.

그리고 그대로 뽑으려는 찰나!

쐐애애애애액! 퍽!

무언가 어마어마한 에너지가 날아와 마리엘의 육신에 맞았다.

그 에너지 덩어리는 그대로 육신 안에 스며들었다.

이윽고 마리엘의 링크가 자라났다. 링크는 그녀의 육신으로 다가가 모기가 대롱을 꽂듯 정수리에 쏙 꽂혔다.

링크를 타고 흘러온 어마어마한 생명 에너지가 마리엘의 영혼을 자극했다.

"아… 아아아아!"

아르디엔이 쏘아 보낸 에너지.

그것은 인간의 영역을 초월하는 미지의 힘이었다.

반신의 경지에 오른 사람만이 다룰 수 있는 대우주와도 같은 기운.

대자연의 근간을 이루는 마나보다 깨끗하고 생명의 원천인 오러보다 강렬했다.

그야말로 신의 축복이라고 밖에 부를 수 없었다.

아직 사후경직이 일어나지 않은 그녀의 시신에 생기가 돌기 시작했다.

세포 하나하나에 초월의 힘이 깃들어 생명을 주었다.

육신이 살아나며 영혼을 다시 갈구했다.

마리엘은 링크를 타고 그녀의 육신 안으로 다시 빨려 들어갔다.

그 순간 그녀는 지독한 쾌락을 맛보았다.

"아… 아아아아! 하아아! 아아아아아아아아!"

그것은 세상을 살아가며 느꼈던 그 어떤 쾌락보다 더욱 강렬했다.

다시 살아난다는 기쁨은 그런 것이었다.

*　　　　*　　　　*

"마리엘!"

크라임이 마리엘의 시신을 품에서 놓지 못하고 계속 통곡했다.

그런데 어느 순간 갑자기 마리엘의 몸이 따스해지는 것 같았다.

착각이겠지.

이미 죽은 사람은 살아날 수 없어.

크라임은 그렇게 생각했다.

한데…….

두근.

"……!"

그녀의 가슴에서 심장 고동 소리가 들렸다.

이것도 착각인가? 마리엘을 너무 사랑해서 내가 미쳐버린 건가?

별별 생각이 다 들었다.

크라임이 다시 마리엘의 가슴에 귀를 댔다.

두근… 두근… 두근…….

미약하지만 심장은 일정하게 뛰고 있었다.

그러다 갑자기.

두근… 두근… 두근. 두근. 두근. 두근! 두근! 두근? 두근? 두근!

심박수가 빨라지는가 싶더니.

"허어어억!"

마리엘이 가쁜 숨을 토해내며 눈을 떴다.

"마, 마리엘……?"

크라임은 이게 꿈인지 생시인지 알 수가 없었다.

너무 놀라서 이름을 한 번 부르고 난 뒤엔 눈만 꿈뻑거렸
다.

마리엘은 격한 숨을 내뱉고 들이마시다 겨우 진정을 했다.

그녀가 오른손을 자신의 가슴에 대고, 왼손으로 크라임의
얼굴을 쓰다듬었다.

두근. 두근. 두근.

심장이 무사히 뛰고 있었다.

"마리엘!"

그제야 크라임도 마리엘의 손을 꼭 잡아주었다.

마리엘이 배시시 웃었다.

"나… 돌아왔어."

크라임이 미친 듯이 고개를 끄덕였다.

"응. 응……! 잘 돌아왔어. 잘 돌아왔어, 마리엘!"

잠시 멎었던 크라임의 눈물이 다시 쏟아졌다.

마리엘은 이 재회의 순간을 더 만끽하고 싶었다. 하지만 그
럴 수가 없었다.

"아르디엔!"

케이아스의 다급한 음성이 전장을 쩌렁쩌렁 울렸다.

마리엘과 크라임의 시선이 하늘로 향했다.

이그나이트가 추락하는 아르디엔을 집어삼키려 하고 있었다.

그 순간, 크라임의 품에 안겨 있던 아르디엔이 사라졌다.

턱!

동시에 이그나이트는 아르디엔을 집어삼켰다.

하지만, 그것은 착각이었다.

마리엘은 일촉즉발의 상황에서 공간이동을 해, 아르디엔의 곁에 나타났다.

그리고 아르디엔을 붙잡아 다시 공간이동의 능력을 발휘, 크라임의 곁에 나타났다.

"덕분에 살았군."

아르디엔이 희미하게 미소 지으며 말했다.

마리엘이 고개를 저었다.

"아니. 후작님 덕분에 내가 살았지."

"후작… 님?"

크라임이 놀란 시선을 마리엘에게 던졌다.

마리엘은 단 한 번도 아르디엔을 저토록 다정하게 불러준 적이 없었다.

비록 지금도 반말을 하고 있지만, 음성엔 포근함이 가득했다.

"그간 많이 까불어서 미안해. 이해해 줄 거지?"

"물론. 하지만 이해하는 순간이 마지막이 될 수도 있겠지."

모두의 시선이 이그나이트에게 향했다.

녀석은 입을 오물거리다가 아르디엔이 사라진 것을 알고서 사위를 살폈다.

"이제 난 당분간 아무런 힘도 없어. 일반인이 와서 칼을 들이대도 당하지 못할 거야."

크라임의 얼굴이 참담해졌다.

죽은 줄 알았던 마리엘이 다시 살아났는데 이그나이트에게 다시 죽임을 당하게 될 지도 모른다.

아니, 전장을 벗어나지 않는다면 백 퍼센트 그렇게 될 것이다.

마리엘의 공간이동 능력이라면 지금이라도 얼마든지 여기서 도망칠 수 있었다.

하지만 두 사람의 행복을 위해 동료들을 저버린 다는 건 있을 수 없는 일이었다.

무엇보다 자신들은 아르디엔에게 이미 한 번 목숨을 빚졌다.

더불어 무슨 영문인지 모르겠으나, 이번에도 마리엘이 아르디엔의 도움을 받아 되살아난 것 같았다.

마리엘이 이그나이트에게 시선을 거두지 않은 채 아르디엔에게 물었다.

"죽어버린 내 육신에 후작님이 쏘아 보낸 거대한 에너지가 들어오는 걸 느꼈어. 덕분에 내 영혼이 다시 육신으로 들어와 이렇게 살아날 수 있었고. 그건 정말 고마워. 그런데… 왜 그랬어?"

"무얼 말하는 거지?"

"그 정도의 힘이었다면 분명 이그나이트를 죽일 수 있었을 텐데, 그 힘으로 왜 날 구해준거냐고."

죽음의 문턱을 넘었던 사람까지 살려낸 힘이다.

이그나이트를 죽이기엔 충분했다.

사실 아르디엔에겐 아무런 확신도 없었다.

진공참으로 이그나이트를 죽일 수 있을지.

진공참을 시전하기 위해 모은 에너지를 마리엘에게 보내면 그녀가 되살아 날 수 있는 것인지.

진공참이 이그나이트에게 먹힐 거라는 건, 급하게 모은 적은 에너지로 진공참을 날렸는데, 거대한 꼬리가 잘리면서 확신할 수 있었다.

하지만 마리엘을 살릴 수 있을지는 에너지를 보내는 그 순간까지도 알 수 없었다.

아무튼 마리엘은 되살아났다.

문제는 그 이후다.

"어차피 내가 되살아나 봤자, 이그나이트를 죽이지 못한다면 아무 소용없는 거잖아."

크라임은 마리엘이 어떻게 죽음에서 부활한 건지 이제야 알 수 있었다.

이번에도 역시 아르디엔의 도움이 있었던 게 맞았다.

한데, 그녀를 살려 놓으면 뭐하는가.

그녀의 말마따나 이그나이트를 제압하지 못했으니 모두가 죽은 목숨이나 다름없었다.

"왜 그런 거냐고."

마리엘이 대답을 재촉했다.

아르디엔이 잠시 생각을 정리하다가 입을 열었다.

"너는 내 가족이니까."

"…뭐?"

"하멜 후작가의 사람이니까."

"그래서… 이그나이트를 죽이는 대신 날 살렸다고?"

"살릴 수 있을 거라는 확신은 없었다."

"확신도 없었는데 그런 짓을 한 거야? 차라리 이그나이트를 죽이지!"

"이그나이트를 죽였고, 전쟁에서 승리했는데 네가 없다면 난 기뻐할 수 있을 것 같아?"

"결국 날 살리는 바람에 모두 죽게 될지도 모르잖아!"

"꼭 모두 죽으란 법은 없어. 살리고 나면 그 다음에 무슨 수가 생길지도 몰라. 하지만 살리지 못하면, 그걸로 끝이야. 내가 아무리 데미갓의 상태였다고 해도, 사후 경직이 일어난 이후였다면 널 살릴 수 없었을 거야."

"그러니까… 일단 막무가내로 저지르고 봤다는 얘기네?"

아르디엔이 고개를 끄덕였다.

"이그나이트를 죽이는 것보다 내 사람을 살리는 게 나한테는 더 중요한 일이야."

"…하아. 진짜 멍청한 후작님이야."

그때 이그나이트가 아르디엔 일행을 발견했다.

이그나이트는 무서운 속도로 하강했다.

그에 케이아스를 비롯, 마렉과 라미안, 제피아가 모두 아르디엔에게로 달려갔다.

어떻게든 그들의 주군을 살리기 위해서였다.

크라임도 할 수 있는 한 아르디엔을 보호하기 위해 어떻게 이그나이트를 상대해야 할지 고민에 빠졌다.

그런데 마리엘만큼은 어쩐지 여유로워 보였다.

"후작님."

"응."

"일단 날 살려놓고 보면 그 이후엔 또 어떤 변수가 일어날지 모른다고 했었지?"

"그래."

"판단 정말 잘했어."

마리엘이 오른손을 들어 검지를 펴서 이그나이트를 가리켰다.

"아무래도 죽음에서 되돌아오고 난 다음에 내 능력이 더 강해진 것 같아."

마리엘은 눈을 살짝 감았다가 떴다.

그러자 그녀의 영안이 개방되었다.

마리엘의 시야에 이그나이트의 육신 속에 자리한 영혼이 보였다.

그 영혼은 드래곤이 아닌 사람의 형태를 취하고 있었다.

영혼의 정수리엔 역시나 링크가 존재했다.

그 링크는 실처럼 길게 늘어나 있었는데, 링크의 끝이 맞닿아 있는 대상은 마도국의 진영에 선 사령술사 자메인이었다.

자메인은 이그나이트의 목숨줄을 쥐고서 그를 마음대로 부리는 중이다.

마리엘이 이그나이트에게 향해 있던 검지를 살짝 까딱였다.

그러자 자메인과 연결된 링크가 파르르 떨렸다.

크롸아아아아아아아!

무섭게 하강하던 이그나이트는 갑자기 고통에 찬 포효를 하며 몸을 비틀었다.

날갯짓까지 잊어버리고 괴로워하던 이그나이트가 애초의 목적지였던 언덕과 한참 떨어진 대지에 곤두박질쳤다.

콰아아아아앙!

마치 거대한 운석이 떨어진 것 마냥 사방에 충격파가 일었다.

대지가 여러차례 전율했다.

아르디엔과 크라임은 놀란 시선으로 마리엘을 바라보았다.

*　　　*　　　*

"……!"

"……!"

느닷없는 이그나이트의 추락에 자메인과 루틴은 동시에 놀랐다.

루틴은 제피아의 뒤를 노리고 있었다.

그가 아르디엔을 구하기 위해 등을 보였기 때문이다.

한데, 그 순간 이그나이트가 발작 증세를 보이며 추락했다.

루틴이 대번에 자메인을 찾으며 소리쳤다.

"자메인! 이게 무슨 일인가!"

악령들이 전부 사라진 것도 눈이 뒤집어질 판인데, 이그나이트까지 이상증세를 보이니 복장이 터졌다.

루틴의 곁으로 다가온 자메인이 믿기지 않는다는 듯 말했다.

"누군가… 이그나이트의 정신을 건드리고 있습니다. 아니, 더 정확히는 이그나이트와 저의 연결고리를 끊으려 하고 있다는 게 맞겠군요."

"연결고리를 끊어? 그 말인 즉… 자네와 이그나이트의 연결고리가 끊어지는 순간, 이그나이트는 더 이상 자네의 말을 듣지 않게 된다는 건가?"

"그렇습니다."

"……."

루틴의 말문이 막혔다.

루틴은 처음으로 이 전쟁이 두려워졌다.

만약 이그나이트가 상대방의 손에 넘어간다면… 필패다.

도저히 이길 수 있는 방법이 없었다.

루틴이 가장 믿고 있던 카드가 이그나이트였다.

그 카드를 빼앗기면 더 이상 남아 있는 카드는 존재치 않는다.

마왕이라도 부활시킬 수 있다면 모를까.

그 마저도 오리진 들이 루틴을 떠나면서 불가능한 일이 되어 버렸다.

"…크큭. 환장할 노릇이군."

"아직 이그나이트를 빼앗긴 게 아닙니다."

자메인이 정신을 집중하며 말했다.

"간혹 뛰어난 사령술사들 중, 이런 행위를 하는 이들이 존재하지요. 상대방의 물건을 빼앗으려 하는 고약한 이들입니다. 하지만 결국 누구의 사령력이 더 강하느냐로 승패가 판가름 납니다. 어떤 사령술사가 그라함 왕국에 붙어 있든 상관없어요. 전… 자메인입니다."

자메인은 이그드라엘 대륙 최고의 사령술사다.

그것은 자타가 인정하는 사실이었다.

때문에 자메인은 이그나이트를 두고 벌이는 주도권 싸움에서 상대를 이길 수 있다고 확신했다.

루틴이 가만 생각해 보니 자메인의 말이 맞았다.

비록 자메인을 데려온 건 8년 전이지만, 지금에 와서 갑자기 자메인을 능가하는 사령술사가 나타난다는 건 말도 안 되는 일이었다.

만약 그런 이가 있었다면 세상이 그를 가만 놔두지 않았을 것이다.

낭중지추(囊中之錐).

뾰족한 송곳은 옷 밖으로 튀어나오기 마련이다.

능력 있는 이들은 가만히 있어도 그 이름이 절로 퍼진다.

한데 사령술사 중 자메인과 대등한 실력을 자랑하는 이가 있다는 얘기는 단 한 번도 들어보지 못했다.

루틴은 자메인을 믿어보기로 했다.

자메인이 눈을 감았다.

이그나이트에게 연결된 링크의 선이 선명하게 이미지 되어 보였다.

*　　　　*　　　　*

마리엘도 링크의 선을 보고 있었다.

자메인이 링크를 강하게 당겼다.

그러자 이그나이트가 몸을 일으켜 다시 날갯짓을 했다.

그 순간 마리엘도 링크를 건드렸다.

크롸아아아아아아!

이그나이트는 비상하려다 말고 또다시 바닥에 널브러졌다.

자메인과 마리엘이 한 치도 물러서지 않으며 팽팽한 싸움을 벌였다.

자메인의 말처럼 사령술사들의 우위는 누구의 사령력이 더 강하느냐로 판가름 난다.

아울러 그 사령력이라는 것은 죽음에 대해 얼마나 더 많이 이해하느냐에 따라서 강력해진다.

그런 의미로 보자면 자메인은 타고난 사람이었다.

그는 누구보다 죽음에 대한 이해도가 높았다.

애초부터 선천적으로 사령술사의 능력을 가지고 나오기도 했지만, 죽음에 대해 끊임없이 연구한 덕에 사령력, 즉 소울 파워는 나날이 커져갔다.

그는 루틴에게 간택되어 버닝 소울 프로젝트에 참여한 다음에도 죽음에 대한 연구를 게을리 하지 않았다.

죽음을 이해할수록 사령력이 커지는 이유.

그것을 이론적으로 정확히 밝혀낸 이는 아직까지도 없었다.

사령술사는 사령술사들이 가장 잘 아는 법이다.

한데 그 수가 턱 없이 적었다.

그리고 사령술사들은 자신들의 사령력을 높이는데만 시간을 할애하길 좋아했다.

무슨 원리로 어떻게, 죽음에 대한 이해도가 높으면 사령력도 비례해서 커지는 지에 대해서는 궁금해하지 않았다.

아무튼 자메인은 천재적인 사령술사였다.

살아 숨쉬는 인간 누구도 자신만큼 죽음이라는 것에 가까이 근접한 이는 없다고 생각했다.

하지만…….

크롸아아아아아아아!

"이런!"

자메인이 헛숨을 토해내며 소리쳤다.

지금까지 그에게 있던 이그나이트의 주도권이 급격하게 흔들리기 시작했다.

"설마… 나보다 사령력이 강하다고?"

사령력이 어쩌고, 죽음에 대한 이해가 저쩌고.

마리엘은 그런 것 따위 몰랐다.

그녀는 단지… 죽음을 이해한 것이 아니라 직접 체험했을 뿐이다.

자메인이 아무리 죽음에 대해 연구를 많이 했다고 해도 직접 체험하지는 못했다.

그 차이는 어마어마했다.

마리엘의 입가에 미소가 걸렸다.

"생각보다 쉬운데."

마리엘이 다시 검지를 까딱였다.

이그나이트의 링크가 무섭게 요동쳤다.

엄밀히 따지자면 그녀가 사용하는 힘은 사령력이 아니라

뇌파의 능력이었다.

소울 힐러의 힘!

죽음에서 돌아온 소울 힐러가 자메인의 사령력을 제압했다.

팅!

"……!"

이리저리 마구잡이로 휘둘리던 링크가 자메인의 손에서 끊어졌다.

그리고 마리엘의 검지로 날아와 달라붙었다.

크르르르르르르르.

조금전까지 괴로움에 비명을 지르던 이그나이트가 갑자기 진정되었다.

"마리엘, 어떻게 된거야?"

크라임이 물었다.

"빼앗았어."

"빼앗았다고? …설마 드래곤을?"

마리엘은 고개를 끄덕이며 아르디엔을 바라보았다.

"후작님. 내 목숨을 두 번이나 구해줬으니 선물 하나 주고 싶은데. 받아주겠어?"

"기꺼이."

"좋아."

마리엘이 링크가 연결된 검지로 아르디엔의 정수리를 톡 쳤다.

그러자 이그나이트의 링크가 아르디엔의 정수리에 박혔다.

링크가 보이지 않는 크라임은 그녀가 무엇을 하는 것인지 몰랐다.

하나, 아르디엔은 그녀의 손이 닿는 순간 자신과 이그나이트 사이에 어떤 일이 벌어진 건지 대번에 이해했다.

아르디엔이 함박웃음을 머금었다.

"굉장히 큰 선물이군."

"맘에 들어?"

"대단히."

아르디엔이 몸을 일으켰다.

그리고 이그나이트를 향해 소리쳤다.

"이그나이트!"

이그나이트가 고개를 돌려 아르디엔을 바라보았다.

"지금부터 내가 네 주인이다. 그러니 내게 복종하라!"

크와아아아아아앙!

한 차례 크게 울부짖은 이그나이트가 아르디엔을 향해 머리를 조아렸다.

그 놀라운 광경에 전장에 있던 모든 이들이 입을 쩍 벌렸다.

"뭐, 뭐야 지금?"

"하멜 후작님이… 드래곤을 복종시켰어?"

"그, 그럼 드래곤이 아군이라는 거야?"

병사들이 저마다 한마디씩을 내뱉었다.

아르디엔은 지금 모든 힘을 다 잃은 상태였지만, 그보다 더 큰 힘을 손에 넣었다.

아르디엔이 이그나이트에게 명했다.

"내게 오라."

이그나이트가 날갯짓을 해 높이 날아올랐다.

그리고 쏜살같이 아르디엔이 서 있는 언덕 앞에 내려앉았다.

이그나이트는 아르디엔의 앞에 고개를 숙였다.

아르디엔의 이그나이트의 머리를 밟고 올라가 등에 올라탔다.

순간 그라함 왕국군들이 어마어마한 함성을 터뜨렸다.

와아아아아이아아아아아!

여기저기서 북소리가 터져 나왔다.

바닥을 치고 있던 그라함 왕국군의 사기가 다시 하늘을 찌를 듯 솟구쳤다.

반면 게르갈드의 병사들은 죽음을 목전에 둔 사람들처럼 사색이 되었다.

전장의 분위기가 또다시 반전되었다.

병사들 중 누군가가 이그나이트에 올라탄 아르디엔을 보며 중얼거렸다.

"드래곤… 나이트."

드래곤 나이트.

오래전 드래곤이 마왕과 전쟁을 벌이던 시절.

드래곤은 모든 인간들 중 가장 뛰어난 기사 한 명에게 자신의 등을 허락했다.

그리고 그 기사와 함께 마왕을 상대했다.

그 기사를 사람들은 드래곤 나이트라 칭송했었다.

결국 전쟁 중에 기사는 죽음을 맞았지만, 어찌 되었든 드래곤이 인정한 인간은 그 기사가 유일했다.

전설로만 전해져 내려오는 그 이야기가 수십만의 사람이 보는 앞에서 다시금 재현되는 것 같았다.

"드래곤 나이트다!"

"하멜 후작님께서 드래곤 나이트가 되셨다!"

그라함 왕군군이 다시 한 번 환호성을 터뜨렸다.

몇몇은 지금이 전쟁 중이라는 것도 잊었는지 박수를 치고 휘파람을 불어댔다.

아르디엔에게 달려오던 하멜 후작가의 장수들은 걸음을 멈췄다.

케이아스가 싱글벙글 웃었다.

"드래곤 나이트? 멋있네."

"역시 후작 나으리! 내 평생 따르겠다고 맹세한 것이 전혀 후회되지 않수!"

마렉도 감격에 차 소리쳤다.

라미안은 이 상황이 너무 가슴 벅차올라 눈물을 보였다.

한편 처음부터 끝까지 방관자의 입장으로 지켜보던 아스크가 입꼬리를 말아 올렸다.

"진짜… 어디까지 가려는 거야, 저 괴물 같은 새끼는."

한 명의 인간이 반신의 경지까지 올라서더니 이제는 드래곤까지 손에 넣었다.

아스크는 이제 아무도 아르디엔을 막을 수 없을 것이라는 생각이 들었다.

이그나이트에 올라탄 아르디엔이 마리엘을 바라보았다.

"선물 고마워."

"받았으면 얼른 써야지."

"물론."

아르디엔의 시선이 저 멀리 있는 루틴에게 향했다.

"가자, 이그나이트."

아르디엔과 이그나이트는 마리엘을 매개로 하여 정신이 연결되었다.

때문에 아르디엔이 무얼 생각하는지 굳이 전부 얘기하지 않아도 이그나이트는 바로 알 수 있었다.

크롸아아아아아!

이그나이트가 그 어느 때보다 크게 포효하며 힘차게 날아올랐다.

게르갈드의 병사들이 공포에 떨었다.

이그나이트를 상대로 어떻게 싸워야 할지 감조차 잡히질 않았다.

이그나이트는 쏜살 같이 날아 적진으로 향했다.

"다들 공격하라!"

어둠의 사자의 리더 리로이가 흑마법사들에게 명을 내렸다.

그 순간.

화르르르르르륵!

이그나이트의 입에서 파이어 브레스가 쏘아져 나갔다.

지옥의 불길이 마법을 시전하려던 흑마법사들의 머리 위로 떨어졌다.

"으악!"

"크악!"

흑마법사들은 단말마의 비명을 지르며 단숨에 녹아 사라졌다.

"이건… 상대가 안 되잖아……."

리로이가 드래곤을 올려다보며 허망한 듯 중얼거렸다.

그의 머리 위로도 이내 뜨거운 불길이 떨어졌다.

흑마법사 수백 명과 어둠의 사자 삼백 명이 파이어 브레스 한 방으로 한순간에 사라지고 말았다.

Chapter 10
동급 최강

아르디엔을 태운 이그나이트가 루틴에게 다가왔다.

자메인은 그런 이그나이트를 보며 계속 손짓을 했다.

사령력을 끝까지 끌어올려 다시 이그나이트의 주도권을 가져오려 하고 있었다.

"돌아와! 돌아오란 말이야! 널 만든 건 나다! 내가 네 아비다! 돌아오란 말이야아아아아아아아!"

부릅뜬 자메인의 눈에서 실핏줄이 터져 나갔다.

그의 흰자가 붉게 물들었다.

자메인은 정신이 반쯤 나가 악귀 같은 얼굴로 계속 이그나이트에게 돌아오라 소리쳤다.

하지만 이그나이트는 자메인의 말에 조금도 반응하지 않았다.

마리엘을 어찌 못하는 이상 이그나이트는 평생 아르디엔의 충실한 종으로 살아갈 것이다.

"이그나이트ㅇㅇㅇㅇㅇ!"

자메인은 끝까지 이그나이트에게 미련을 버리지 못했다.

루틴은 그 모습이 짜증났다.

푹!

"……!"

루틴의 몸에서 솟구친 검은 마나 한 가닥이 자메인의 이마를 뚫고 들어가 뒤통수로 튀어나왔다.

자메인의 붉은 눈에서 피눈물이 흘렀다.

그의 눈동자가 힘겹게 움직여 루틴에게 고정되었다.

"…아… 으어……."

무슨 말을 하려는 것 같은데 루틴을 알아듣지 못했다. 궁금하지도 않았다.

자메인은 그에게 분명 꼭 필요한 존재였다.

하지만 악령들을 모두 잃고 이그나이트까지 빼앗긴 시점에서 쓰레기로 전락했다.

쓰레기를 곁에 두는 취미는 없었다.

루틴은 미련 없이 자메인을 죽여 버렸다.

다크 마나가 사라지자 다메인은 머리에서 피를 뿜으며 쓰러졌다.

루틴이 근거리까지 다가온 이그나이트를 보며 중얼댔다.

"이제… 어떻게 해야 할까."

그때, 제피아가 공중부양 마법으로 하늘을 날아올라 이그나이트의 앞을 막아섰다.

"멈춰."

아르디엔의 명령에 이그나이트는 바로 멈춰 섰다.

커다란 날개를 획획 저으며 제자리에서 비행을 하는 이그나이트를 제피아는 새삼 경이로운 눈으로 바라보았다.

이토록 거대한 존재를 다스리다니.

찰나의 순간 감상에 빠졌던 제피아가 아르디엔에게 말했다.

"하멜 후작님. 루틴은 제가 상대하겠습니다."

아르디엔은 말없이 제피아를 마주 보다가 나직이 물었다.

"자신 있나?"

"자신을 떠나서 이건 니플헤임 가문의 사람끼리 풀어야 할 문제입니다."

잠시 고민하던 아르디엔이 고개를 끄덕였다.

"허락하지."

"감사합니다."

제피아가 인사를 전하고 돌아서는 순간이었다.

푹!

"......!"

갑자기 날아든 다크 마나가 제피아의 왼쪽 가슴을 뚫고 들어갔다.

찰나지간, 전광석화처럼 벌어진 일이라 아무도 다크 마나를 막아내지 못했다.

아르디엔이 평소와 같은 상태였다면 충분히 제피아를 구할 수 있었을 것이다.

하지만 지금의 아르디엔은 모든 힘을 잃어버린 상황이다.

"크으… 쿨럭!"

제피아의 입에서 피가 왈칵 쏟아졌다.

동시에 가슴에서도 붉은 피가 줄줄 흘러내렸다.

비겁하게 기습을 한 루틴이 히죽 웃었다.

"루틴… 치졸하기 그지없구나."

제피아가 미간을 찌푸리며 한 자 한 자 씹어 뱉었다.

"치졸? 목숨을 걸고 싸우는 전장에서 그런 게 무슨 소용이지? 여전히 무르구나, 제피아."

루틴이 사악한 미소를 물었다.

지금 그는 이빨 빠진 호랑이였다.

아르디엔이 마음만 먹으면 언제든 이그나이트를 이용해 죽일 수 있었다.

하지만 이빨이 빠졌어도 역시 호랑이는 호랑이였다.

이그나이트를 제외한 다른 이들에게 루틴은 제법 무서운 존재다.

8서클의 흑마법사이자 게르갈드의 국왕인 사내다.

다크 마나를 다루는 실력만큼은 대륙 제일이다.

제피아는 다크 마나가 날아오는 것을 전혀 느끼지 못했다.

아르디엔은 이를 확인했지만, 이그나이트를 시켜 막을 새가 없었다.

제피아의 얼굴에 핏기가 사라졌다.

피를 너무 많이 흘렸다.

이그나이트가 긴 목을 움직여 제피아의 가슴에 꽂힌 다크 마나를 물어뜯었다.

콰직!

다크 마나는 쉽게 잘려나갔다.

하나 그때 또 다른 다크 마나 한줄기가 날아들었다.

이번엔 제피아의 머리를 노리고 있었다.

아르디엔은 이그나이트에게 그것을 막도록 명했다.

그런데 그보다 먼저 다른 방향에서 날아온 다크 마나가 루틴의 다크 마나를 쳐냈다.

카캉!

아스크였다.

그가 제피아의 앞을 가로막고 섰다.

"그렇게 약해 빠졌으면서 루틴을 상대하겠다고? 어림도 없죠."

"아스크……."

"내가 상대할 테니 뒈지기 전에 회복마법으로 치유하시죠?"

"아니, 루틴은 내가……."

제피아가 아스크의 어깨에 손을 올렸다.

탁!

아스크는 그런 제피아의 손을 거칠게 쳐냈다.

"다 늙어서 똥고집 부리지 말고 내가 시키는 대로 하시라고, 좀!"

제피아는 희번득거리는 아스크의 눈을 바라보다가 비틀거리며 쓰러졌다.

시야가 흔들렸다.

머리가 핑핑 도는 것이 당장에라도 기절할 것 같았다.

"차라리 기절시키는 게 낫겠네."

아스크는 제피아의 후두부를 가격했다.

제피아가 그대로 혼절하자, 라미안에게 소리쳤다.

"네가 와서 치료해!"

라미안은 아스크의 고압적인 태도가 마음에 들지 않았지만, 일단은 치료가 우선이니만큼 순순히 제피아에게 회복마법을 시전해 주었다.

루틴은 제피아와 마주했을 때와 달리 아스크에겐 비겁한 수를 쓰지 않았다.

그만큼 루틴에게 아스크가 만만해 보였던 것이다.

"아르디엔."

아스크가 아르디엔을 불렀다.

"응."

"내가 대신 해도 돼지?"

"죽지 않을 자신이 있다면."

"죽긴 누가 죽어, 씨팔."

"이겨라."

"당연한 얘기를."

아스크가 루틴과 마주보고 섰다.

이건 아스크에게 꼭 필요한 일이었다.

이 전쟁이 끝나고 그라함 왕국이 승리한다면 결국 마도국의 왕좌에 오르는 건 아스크다.

한데 흑마법사들은 여태껏 루틴을 따랐다.

갑자기 자신들의 주군이 바뀌는 걸 탐탁찮아 할 공산이

크다.

인정을 받지 못하는 주군은 나라를 제대로 통치하기가 어렵다.

그러나 아스크가 모두의 앞에서 루틴을 누르고 왕좌를 차지한다면?

그 절대적 강함 앞에 흑마법사들은 고개를 조아릴 것이다.

무엇보다 약육강식의 법칙이 크게 작용하는 곳이 마도국이다.

아르디엔은 아스크가 앞으로를 위해서도 꼭 이겨주길 바랐다.

하지만 7서클과 8서클의 차이는 어마어마했다.

기적이 일어나지 않는 한은 이길 수가 없다.

"그동안 내 아비 노릇하느라 힘들었겠어?"

아스크가 루틴에게 말했다.

"너처럼 아둔한 놈 하나 속이는 게 뭐 어려운 일이라고 힘들었겠느냐."

"완전히 짓밟히고 있는 쪽은 마도국인데 그런 이야기가 잘도 나오네? 무릎 꿇고 제발 살려 달라 사정해야 하는 거 아니야?"

"하멜 후작에게 가더니 입심만 늘은 모양이구나."

"입심은 마도국에 있을 때 당신한테 배운 거지. 그것 말고는 배울 게 전혀 없었거든."

"날 화나게 해서 좋을 게 없을 텐데."

"이봐, 루틴. 지금 이 상황이 눈에 안 들어와? 지금 너랑 나는 각국의 명예를 걸고 일대일로 싸우는 게 아니야. 우리 사이에 쌓인 증오를 해결하기 위해서 싸우는 거라고. 만에 하나 내가 진다고 해도 결국엔 넌 죽어. 전쟁 역시 그라함 왕국이 승리하겠지."

"끝까지 가보지 않으면 그 끝이 어떤지 모르는 법이란다, 아스크."

"재수 없으니까 아버지인 양 설교하지 마."

"설교가 싫다면… 매를 때려야겠구나!"

루틴의 몸에서 수백 가닥의 다크 마나가 솟구쳤다.

그것들이 아스크를 향해 날아갔다.

아스크도 다크 마나를 방출시켰다.

하지만 그는 다크 마나를 루틴에게 날리지 않았다.

둥근 구의 형태로 만들어 몸을 보호했다.

카카카카카카캉!

루틴의 다크 마나가 아스크의 다크 마나에 부딪혀 튕겨 나갔다.

하지만 다시금 아스크에게 날아와 계속해서 충격을 주었다.

"큰소리치더니 그게 다이더냐!"

"좋을 대로 생각해!"

"계속 말대꾸 하는 것이 듣기 싫구나! 사일런스!"

루틴이 사일런스 마법을 시전했다.

상대방을 침묵시키는 마법으로 마법사끼리 싸울 땐, 고서 클의 마법사가 저서클의 마법사에게 주로 사용한다.

이 마법에 걸려 말을 못하게 되면 시전어를 외치지 못해서 마법을 사용 못하게 되기 때문이다.

아스크는 루틴보다 서클이 한 단계 낮다.

때문에 사일런스 마법에 당할 수밖에 없었다.

그래도 아스크의 몸을 둘러싼 다크 마나는 사라지지 않았다.

그것은 마법의 힘으로 형성된 것이 아니라 다크 마나 자체를 이용한 것이기 때문이다.

한참 동안 루틴의 다크 마나를 받아내던 아스크의 다크 마나가 금이 가기 시작했다.

이에 아스크는 뒤로 몸을 뺐다.

하지만 그는 의지대로 움직이지 못했다.

"홀딩!"

루틴이 속박마법을 시전해 아스크의 근육을 마비시켰다.

이제 아스크는 마법도 사용하지 못하고 몸도 움직일 수 없게 되었다.

"하하하하하! 어쩔테냐, 아스크? 그래도 한때 네가 아비라고 생각하며 따르던 내게 대든 벌이다!"

아스크는 속수무책으로 쉼 없이 날아드는 다크 마나들을 받아낼 수밖에 없었다.

하지만 그것도 곧 한계에 다다를 것이다.

다크 마나는 마법을 시전할때도 소모되지만, 이런 식으로 순수하게 사용할 때에도 똑같이 소모된다.

다크 마나가 모두 소모되면 더 이상 아스크의 몸을 보호해 줄 수가 없다.

하지만 그것만으로도 족했다.

아스크가 정말로 노렸던 것은, 루틴의 다크 마나를 조금이라도 더 소모하도록 만드는 것이었기 때문이다.

쩌저적! 쩌적!

문제는 아스크의 다크 마나가 모두 소진되기 이전에 깨져 버릴 가능성이 높았다.

'최대한 오랜 시간을 끌어야 하는데…….'

카카카카카카캉!

제피아의 다크 마나가 무식하게 날아들었다.

'왕좌라… 좋지. 마도국을 내가 먹는다는 건 제법 매력 있는 일이야. 하지만 난 아직 잃은 게 많지 않아. 나보다 더 많

은 걸 잃은 사람이 먼저 왕좌에 앉아봐야 하지 않겠냔 말이야.'

아스크는 그의 아버지인 제피아를 왕좌에 앉힐 생각이었다.

그러기 위해선 제피아가 루틴을 제압해야 한다.

바로 여기.

마도국의 병사들이 보고 있는 전장에서.

그 때문에 루틴의 힘을 조금이라도 빼놓으려는 것이었다.

이미 제피아는 라미안의 회복마법으로 상처를 모두 치유한 상황이었다.

콰장창!

결국 아스크를 보호해 주던 다크 마나가 깨져나갔다.

푸푸푸푸푸푸푹!

보호 수단을 잃어버린 아스크의 사지에 루틴의 다크 마나가 날아들어 꽂혔다.

"……!"

정신이 아찔할 정도로 아팠지만, 사일런스 마법으로 인해 입을 열 수가 없었다.

"아스크!"

제피아가 놀라 소리쳤다.

루틴이 씩 웃으며 손가락을 튕기자 사일런스와 홀딩 마법이 해제되었다.

"크으윽······."

벌집이 된 몸에서 피를 줄줄 흘리며 쓰러지는 아스크를 루틴이 조롱했다.

"말은 그럴 듯하게 하더니 이게 뭐냐. 아무것도 못하고 널브러지는구나."

라미안이 이번엔 아스크에게 다가와 그를 치료해 주었다.

아스크는 누운 자세로 겨우 고개를 돌려 루틴에게 말했다.

"애초부터 널 이기겠다는 생각 따윈 하지도 않았다."

"그건 또 무슨 헛소리······."

루틴이 얘기를 하다 말고 아스크의 앞을 가로막고 선 제피아를 바라보았다.

"하하하. 그렇군. 내 마나를 조금이라도 소모하게 만들어 제피아의 승률을 높여주려 했다··· 그런 건가?"

"바보는 아니군."

아스크가 피식 웃었다.

"하하하하하하하! 그새 부자의 정이 깊어졌나? 그래 뭐··· 피는 끌리는 법이지. 하지만 네가 그따위 꼼수를 부린다고 해서 결과가 달라지지는 않는다. 전쟁에서 패했을지는 몰라도, 제피아는 내 손에 죽는다."

"웃기는 소리."

제피아가 루틴을 쏘아보았다.

"네가 내게 죽을 것이다, 루틴."

제피아의 몸에서 무시무시한 투기가 타올랐다.

"긴 말 필요 없겠지? 와라, 제피아."

                    *   *   *

제피아와 루틴의 싸움은 그야말로 대단했다.

8서클의 흑마법사 두 명은 하나같이 무서운 공격마법을 주고받으며 전투를 이어나갔다.

그들의 주변엔 이미 사람이 없었다.

저런 괴물들이 싸우는 게 곁에 있다간 괜히 튕 불똥에 목숨을 잃을지도 모르기 때문이다.

라미안의 회복마법으로 모든 상처를 깔끔히 치료한 아스크는 둘의 싸움을 관조했다.

제피아도, 루틴도 대단한 이들이었다.

하지만 제피아가 조금씩 밀리고 있었다.

그 전투를 지켜보며 아스크는 라미안에게 물었다.

"어이, 백마법사."

"네?"

"너 말야. 재미있는 걸 마법사들한테 가르치던데."

"무슨 소리죠?"

라미안이 퉁명스럽게 대꾸했다.

아스크가 또 시비를 걸어오나 싶었다.

워낙에 무슨 생각을 하는지 알 수 없고, 어떤 돌발 행동을 할지 모를 사람이 아스크다.

이런 심각한 상황에서 괜히 시비를 걸어와도 이상할 게 없었다.

"마나 사이펀이라고 했나?"

"그게 왜 궁금한가요?"

"원리가 어떻게 되는 건지 말해봐."

"한 번 듣는다고 바로 이해할 수 있는 게 아니에요."

"그건 내가 판단할 테니까, 어서."

"…알겠어요. 딱 한 번만 말해드릴게요."

라미안은 마나 사이펀의 묘리에 대해서 빠르게 설명했다.

이를 들은 아스크가 고개를 주억거렸다.

"그래… 그런 원리군."

마치 다 알아들었다는 듯 이야기하는 아스크를 보며 라미안은 허세를 부리는 것이라 판단했다.

잠시 무언가를 곰곰이 생각하던 아스크가 전장의 시체들을 향해 손을 뻗었다.

"그 마나 사이펀의 원리를 흑마법에 적용시킨다면……."

'말도 안 돼.'

라미안은 고개를 저었다.

지금 아스크는 딱 한 번 들은 마나 사이펀의 묘리를 흑마법에 적용해서, 생명 에너지를 빠르게 흡수할 요량인 듯했다.

하지만 그건 불가능했다.

마나 사이펀의 원리가 그렇게 쉽게 이해되는 건 아니다.

한데 그걸 단숨에 이해한 것도 모자라 흑마법에 적용시킨다?

어불성설이다.

그렇게 생각했다.

한데…….

"……!"

아스크의 다크 마나가 믿을 수 없는 속도로 커지기 시작했다.

라미안은 눈앞에서 벌어지는 현실이 정말인지 의심스러웠다.

차라리 이 모든 게 꿈이라고 하는 것이 더 현실성 있게 다가왔다.

아스크는 마나 사이펀의 묘리를 단 한 번 듣고 파악해, 너무나도 쉽게 흑마법에 적용했다.

라미안의 온몸에 소름이 돋았다.

아스크는 천재였다.

아니, 그 이상이었다.

정말 무서운 사람은 루틴이나 제피아가 아니었다.

바로 아스크였다.

*   *   *

시간이 흐를수록 루틴과 제피아의 격돌은 더욱 거세졌다.

하나, 루틴은 멀쩡한 반면, 제피아의 몸 곳곳엔 크고 작은 상처들이 가득했다.

이대로 간다면 제피아가 필패하고 말 것이다.

한편, 아스크는 다크 마나를 거침없이 빨아들이던 어느 순간 왼쪽 가슴 속에서 거대한 마나의 회전이 이는 것을 느꼈다.

격렬하게 회전하는 마나로 인해 아스크의 몸도 바들바들 떨렸다.

그러다 마나의 회전이 멈추는 순간.

콰아아아아아아아앙!

아스크의 주변에서 무지막지한 기운이 폭출되었다.

그 여파에 정신없이 싸우던 제피아와 루틴도 동시에 아스크를 바라보았다.

아스크가 혀로 입을 핥았다.

"마나 사이펀이라는거… 엄청 쓸 만하잖아."

아스크는 자신의 왼쪽 가슴을 툭툭 두들겼다.

심장에 새로이 고리를 튼 여덟 번째 마나 서클이 느껴졌다.

"8서클이다."

아스크가 허공에 떠 있는 루틴을 바라보았다.

그리고 망설임 없이 마법을 시전했다.

"퓨리 오브 더 헤븐."

8서클의 전격 마법이었다.

콰르르르르르르릉!

마른하늘에서 갑자기 거대한 번개 다발이 떨어졌다.

그 강력한 번개는 목표 대상이 무엇이든 작렬하는 순간 혼적도 없이 사라지게 만들어 버린다.

루틴 역시 예외는 아니었다.

하지만 그는 찰나의 순간 블링크 마법을 시전, 공간이동을 함으로써 목숨을 구했다.

"8서클이라고?"

루틴은 제법 충격을 받은 듯했다.

"크크큭! 왜? 이제야 내가 좀 두려운가?"

아스크가 제피아의 옆으로 다가갔다.

"사실 조금 전까지는 당신을 왕좌에 앉힐 생각이었거든."

"아스크, 그게 무슨 소리냐? 난 널 왕좌에 앉히기 위해……!"

"흥분하지 마. 방금 생각이 바뀌었으니까. 역시 왕좌에는 내가 앉아야겠어. 이제는 그럴 힘이 생겼어."

아스크와 제피아의 대화를 듣던 루틴이 코웃음쳤다.

"이제 겨우 8서클에 오른 애송이가 왕좌를 탐낸다고? 지나가던 개가 웃겠구나."

"개는 웃지 않고 짖거든, 병신."

"…진정 지옥을 보여줘야 정신을 차리겠구나."

"루틴. 마도국에서 내 별명이 뭔지 잊었어?"

"그딴 거 관심 없다."

"그럼 생각나게 해줘야겠네."

"시끄럽다 이놈! 파이어 스톰!"

파이어 스톰은 7서클 화염마법으로 거대한 화염의 폭풍을 만들어 적들을 모두 태워버린다.

"파이어 스톰!"

아스크도 루틴과 똑같은 마법을 시전했다.

한데 아스크가 만들어낸 불기둥이 루틴의 것보다 훨씬 컸다.

"…이런……."

루틴은 차마 말을 다 잇지 못했다.

아스크의 불기둥은 삽시간에 루틴의 불기둥을 잡아먹고서 루틴에게 날아들었다.

루틴이 몸을 피하며 다른 마법을 시전했다.

"그라운드 오브 퓨리!"

8서클의 마법사가 사용할 수 있는 마법 중 가장 위험하고 강력한 마법이었다.

이미 이번 전장에서도 시전되었다.

아스크를 중심으로 반경 50미터의 땅이 초토화되었다.

그 위에 살아 있던 모든 생명체가 터져 나가 죽음을 맞았다.

한데 죽어버린 이들 속엔 마도국 병사들도 제법 섞여 있었다.

그러나 아스크는 마법이 시전되는 순간 이미 범위 밖으로 도망쳐 있었다.

"그라운드 오브 퓨리."

아스크는 이번에도 루틴에게 그가 시전했던 것과 똑같은 마법을 시전했다.

루틴이 블링크 마법으로 그라운드 오브 퓨리의 범위 밖으로 몸을 피했다.

그런데.

"크헉……!"

루틴의 오장육부가 터져나갈 듯 팽창했다.

온몸의 피부가 쩍쩍 갈리지며 속살을 드러냈다.

코와 입, 오른쪽 귀에서는 피가 쏟아졌다.

"브, 블링크!"

루틴이 가까스로 블링크 마법을 시전해서 더 멀리 떨어졌다.

그 순간 마법의 힘이 극에 달하며 수백의 흑마법사가 터져 죽었다.

"크헉! 크허어! 하악! 하악!"

루틴은 온몸의 피부가 전부 갈라져 피칠갑이 되었다.

죽다 살아난 흉측한 몰골로 한참 숨을 몰아쉬는 그의 앞으로 아스크가 다가왔다.

"이제 내 별명이 기억나?"

뻐억!

아스크의 주먹이 루틴의 턱을 가격했다.

털썩.

이미 데미지를 많이 입은 루틴은 뒤로 널브러졌다.

아스크가 그런 루틴의 목을 짓밟고서 씨익 웃었다.

"동급 최강. 확실히 기억나지?"

Chapter 11
전쟁의 끝

아르덴 전기

아스크가 루틴을 제압했다.

그것도 아주 쉽게.

루틴은 치욕적인 몰골로 드러누워 아스크의 발에 목이 밟힌 채 꼼짝도 못했다.

보통 8서클의 마법사들이 시전하는 그라운드 오브 퓨리의 사정거리는 목표로 한 지점을 중심으로 반경 50미터다.

그런데 아스크의 그라운드 오브 퓨리는 목표 지점을 중심으로 100미터였다.

아스크가 괜히 동급 최강이라 불리는 게 아니었다.

그는 천재이면서 타고난 기재다.

마도국에서 아스크는 한 서클 한 서클 올라갈 때마다 같은 서클의 마법사들과 싸워 져본 적이 없었다.

그의 마법은 동급의 마법사들이 사용하는 것보다 훨씬 위력적이었다.

이번 싸움에서도 아스크는 동급최강이었다.

"살려달라고 구걸해 봐."

아스크는 오만하게 말했다.

그에게 완전히 제압당한 루틴은 큭큭 대며 웃었다.

"내 꼴이 우습게 됐군."

"구걸하라고. 네 버러지 같은 목숨을."

아스크가 루틴의 목을 세게 짓밟았다.

"쿡! 쿨럭! 크흑!"

"어서. 이대로 부러뜨린다?"

"얘, 얘기하마."

아스크가 비로소 발에 힘을 뺐다.

"내 목숨을 구걸하라 그랬느냐?"

퍽!

아스크의 발이 루틴의 옆구리를 걷어찼다.

"커헉!"

이미 그의 전신은 피부가 다 터져 성한 곳이 없었다.

아무데나 얻어맞아도 정신이 번쩍 들 만큼 강렬한 통증이 전해졌다.

"내가 듣고 싶은 건 구걸이지, 질문이 아니야."

"하아! 하아! 아스크……."

"그 다음 말이 기대돼."

"이 개망나니 자식아!"

루틴은 목숨을 구걸하지 않았다.

그의 전신에서 다크 마나가 솟아나와 아스크에게 날아갔다.

"미친."

아스크도 다크 마나를 내보냈다.

카카카카카카캉!

아스크는 자신에게 날아드는 루틴의 다크 마나를 모조리 막았다.

그런데.

서걱!

"……?"

루틴의 다크 마나 하나가 아스크에게 날아가지 않고, 본인의 가슴을 뱄다.

아스크는 루틴이 미치기라도 한 줄 알았다.

하나, 아니었다.

루틴의 잘려나간 상의 속에서 두동강 난 마법 스크롤이 나왔다.

그것은 텔레포트 마법 스크롤이었다.

스크롤은 찢어지며 그 효력을 발휘한다.

이미 텔레포트 마법이 시전되며 루틴의 몸에서 환한 빛이 일었다.

아스크가 황급히 다크 마나를 쏘아보냈다.

"하하하하하하! 그래서 네가 아직 애송이라는 거야!"

"죽어, 루틴!"

결국 루틴이 좀 더 빨랐다.

푸푸푸푸푸푸푹!

환한 빛이 명멸하며 루틴은 함께 사라졌다.

조금 전까지 루틴이 누워 있던 자리에 다크 마나 수십 가닥이 꽂혀 들어갔다.

"젠장."

쾅!

아스크가 주먹으로 바닥을 내리쳤다.

그런 아스크의 뒤로 다가온 제피아가 어깨를 두들겼다.

"그만 됐다, 아스크."

"이거 치워요."

아스크는 제피아의 손을 탁 쳐냈다.

하지만 제피아는 조금도 기분 나쁜 기색이 아니었다.

어찌 되었든 마도국의 사람들은 아스크가 루틴을 완벽히 제압하는 걸 보았다.

이제 그들은 아스크를 인정할 수 밖에 없을 것이다.

루틴이 사라지고 난 뒤, 게르갈드의 병사들이 충격에 빠졌다.

설마 자신들의 국왕이 이토록 쉽게 국민을 버릴 줄은 몰랐던 것이다.

반면 그라함 왕국군은.

"이겼다! 하멜 후작님께서 마도국을 제압했다!"

"하멜 후작님 만세!"

"만세! 만세!"

여기저기서 아르디엔을 칭송해 마지않았다.

그라함 왕국군이 마도국의 남은 병사들을 빙 둘러 포위했다.

마도국의 병사들은 일제히 무기를 버렸다.

마법사들도 항복의사를 표해왔다.

하지만 키메라들만은 예외였다.

놈들은 상황이 어떻게 돌아가든 무작정 이를 드러내며 달려들었다.

하지만 그 결과는 참담했다.

키메라들은 하멜 후작가의 병사들에게 채 십분도 지나지 않아 전멸당했다.

이것으로 더 이상 적의를 드러내는 이가 없었다.

전쟁이 끝났다.

승리의 여신은 그라함 왕국에게 미소를 보내 주었다.

＊　　＊　　＊

흑마법사들은 자신들이 죽은 목숨이라고 생각했다.

마도국은 대륙공적이다.

그런데 이번에 전쟁을 일으켰고 패했다.

그러니 남은 건 참수형밖에 없었다.

벌써부터 여기저기서 죽음을 준비하는 이들이 속출했다.

아마 자신들뿐만 아니라 고향에 있는 가족들도 죽게 될 것이다.

이미 게르갈드엔 국가를 수호할 만한 병력이 남아 있지 않았다.

이대로 그라함 왕국군이 게르갈드를 쳐들어간다면 모든 게 끝나고 만다.

고르다스 대공은 항복을 한 흑마법사들의 처우에 대에 고민하고 있었다.

그때, 아르디엔이 고르다스 대공에게 다가와 나직이 귓속 말을 전했다.

"그들을 살려주십시오."

고르다스 대공이 의외의 말에 놀라 물었다.

"왜 그런 말을 하는 게냐?"

"마도국은 결국 그라함 왕국의 절대적인 우호국이 될 것입 니다."

고르다스 대공의 깊고 맑은 눈이 아르디엔의 얼굴을 가만 히 살폈다.

"오래전부터 무언가를 준비해 왔던 모양이구나."

"그렇습니다."

"하지만 확실치도 않은 일을 믿고서 살려준다는 건 위험한 일이다."

"그들을 풀어주고, 게르갈드를 침공하지 않는다면 차기 국 왕은 아스크가 될 것입니다. 아스크는 몇 달 전 하멜 후작가 를 찾아왔고, 저와 함께 지냈습니다. 그리고 이번 전쟁에서는 우리 왕국군을 도왔습니다. 제피아는 그런 아스크의 친아버 지입니다. 제피아 역시 저와 오래전부터 함께 해 왔으며, 이 번에 큰 활약을 했습니다."

"그건 그렇지."

고르다스 대공이 고개를 끄덕였다.

"그 두 사람이 게르갈드로 돌아가 다스린다면, 마도국은 전과 다른 모습이 될 겁니다. 그들은 게르갈드를 개혁시켜, 의미 없는 살생과 약탈을 하지 않을 것이며 다른 국가에 피해를 끼치는 일 또한 절대 하지 않을 것이라 맹세했습니다."

"흐음… 이를 어쩐다."

고르다스 대공이 턱수염을 어루만지며 고민에 빠졌다.

그의 독단으로 쉽게 판단할 수 있는 문제가 아니다.

지금 이 자리엔 25만 이상의 그라함 왕국군이 함께였다.

마도국의 패잔병들을 돌려보내 주려면 그들을 설득할 수 있는 충분한 이유가 있어야 한다.

바로 명분이 필요하다는 것이다.

그런데 그 명분이 없었다.

그때, 명분 따위 예나 지금이나 발톱의 때만큼도 생각하지 않는 용감무쌍한 장수가 소리쳤다.

"그라함 왕국군은 들으라!"

모든 이의 시선이 고함을 친 장수에게 향했다.

"이 전쟁을 승리로 이끈 하멜 후작 나으리께서 마도국의 패잔병들을 풀어주고 싶으시단다! 그게 불만인 녀석은 당장 튀어나와! 내가 골통을 깨부숴 줄 테니까! 하멜 후작 나으리가 아니었다면 어차피 여기서 다 죽었을 목숨! 그 고마움을 모르고 설쳐댈 요량이라면 내가 시원하게 죽여주겠다!"

이처럼 용감한 발언을 한 이는 용병왕 마렉이었다.

모든 병사들이 마렉의 등장에 꿀 먹은 벙어리가 되었다.

하지만 병사들 중에서도 마렉만큼 용감한 이가 있었다.

"패잔병들을 왜 풀어준다는 겁니까! 게르갈드는 대륙공적입니다! 그들의 지금껏 벌인 악행을 생각하면 이건 말도 안 되는 처사입니다!"

"뭐 인마! 말이 되나 안 되나 한번 맞아볼 테냐!"

그때 라미안이 마렉의 곁에 다가왔다.

"마렉, 이제 제가 얘기할게요."

"쿵!"

라미안이 나서자 마렉은 어쩔 수 없이 고개를 끄덕였다.

"여러분들께서 쉽게 수긍하지 못하는 심정은 잘 이해해요. 제가 여러분의 입장이었어도 충분히 그랬을 테니까요. 하지만 하멜 후작님께서는 단 한 번도 나라에 해가 되는 일을 하지 않으셨어요. 오히려 나라가 위기에 처할 때마다 누구보다 앞장서서 나섰죠. 그런 하멜 후작님께서 하시는 일이에요. 분명 나라에 득이 되는 것이 있기에 패잔병들을 풀어주자 하시는 것이구요. 그 사정에 대해 자세히 설명드릴 수는 없지만, 한 가지 확실한 건 루틴은 이제 두 번 다시 게르갈드의 국왕이 될 수 없다는 것이에요. 마도국 차기 국왕은 바로 저 분이 되실 거예요."

라미안이 아스크를 가리켰다.

그라함 왕국군은 안그래도 흑마법사가 왜 왕국군과 힘을 합쳐 싸운건지 의아해했다.

"그의 이름은 아스크 니플헤임. 바로 옆에 계시는 제피아 니플헤임님의 아들이에요."

그러자 좌중이 크게 술렁댔다.

"제피아라면 루틴이랑 왕좌를 놓고 싸우다가 쫓겨난 왕자 아니었어?"

"그랬지."

"그리고 그 아들이 저 아스크란 흑마법사란거지?"

"그런 것 같은데."

"그런데 왜 우리랑 같이 싸운 거야?"

라미안이 좌중을 침묵 시킨 뒤, 계속 말을 이었다.

"제 얘기에 귀 기울여 주세요. 아스크님은 어떠한 사정으로 루틴과 철천지원수지간이 되었어요. 그 사정이 무엇인지 말 안 해도 아시겠죠."

자신의 아버지가 싸움에서 패해 추방당했으니 당연히 루틴과 원수지간이 될 법했다.

"사실 제피아님은 마도국의 개혁을 원했던 분이셨어요."

거짓말이다.

제피아는 처음엔 그럴 생각이 전혀 없었다.

하지만 라미안의 의중을 읽은 제피아는 아무 말도 않고 가만히 있었다.

"더 이상 마도국이 대륙공적으로서 힘든 길을 걷는 걸 원치 않으셨죠. 하여, 마도국의 왕좌에 앉아 그간의 모든 죄에 대해 용서를 빌고 마도국을 지금과는 다른 모습으로 바꾸려 했어요. 하지만 결국 왕좌를 차지하지 못했죠. 한데 이번에 마도국이 그라함 왕국에 전쟁을 선포하자 선뜻 하멜 후작님께 찾아와 힘이 되고 싶다고 하셨어요. 대신, 루틴을 무너뜨리면 그분의 아들을 왕좌에 올려 달라 간청하셨죠. 반드시 지금의 마도국을 개혁시키겠노라 약속까지 하면서요. 하멜 후작님은 제피아님과 아스크님의 진심을 느끼고 힘을 빌려준다면, 그래서 루틴을 몰아낸다면 그리 하겠다 말하셨어요."

라미안의 이야기가 거기까지 이어지자 제법 많은 이들이 수긍하며 고개를 끄덕였다.

이제 마무리를 지어야 할 때다.

"여러분, 제피아님과 아스크님을, 그리고 하멜 후작님을 믿어주시면 안될까요? 만약 여기 있는 두 분께서 마도국을 개혁시키지 못하거나, 딴 마음을 품고 있다면 그땐 하멜 후작님께서 모든 분란을 정리하실 거예요."

병사들은 일제히 아르디엔을 바라보았다.

그는 이그나이트의 등에 올라타 라미안을 지켜보는 중이

었다.

그 모습이 대단히 늠름하고 믿음직스러웠다.

"하긴… 하멜 후작님의 무위야 대륙 최고지."

"거기다가 드래곤까지 길들였잖아."

"마도국이 딴 마음을 품는다 한들 뭘 어쩌겠어? 드래곤이
랑 하멜 후작님이 계시는데."

병사들은 이제 완전히 라미안의 말에 넘어와 버렸다.

그에 마렉이 성을 냈다.

"이 자식들이 내가 얘기할 땐 콧등으로도 듣지 않더니!"

고르다스 대공은 그런 마렉이 재미있는지 껄껄거리며 웃
었다.

"하하하하하하!"

"응? 대공 나으리는 뭐가 웃기슈?"

"네 녀석이 바보짓 하는 게 재미있구나."

"바, 바, 바보짓이라고 했습니까, 지금?! 내가 누군 줄 알고
그런 막말을!"

쫭!

"아악!"

마렉은 갑자기 정수리에서 느껴지는 충격에 그대로 주저
앉았다.

얻어맞은 부위를 마구 문지르던 마렉은 도끼눈을 하고 뒤

를 돌아보았다.

그곳엔 아르디엔이 서 있었다.

"그만해, 마렉."

"…알겠수."

성난 망아지 마냥 날 뛰던 마렉이 아르디엔의 한마디에 바로 얌전해졌다.

역시 마렉을 잡는 데는 아르디엔이 최고였다.

아르디엔은 고르다스 대공에게 물었다.

"마지막으로 제가 한마디 해도 되겠습니까?"

"얼마든지 하거라."

아르디엔이 다시 이그나이트의 등 위로 올라가 좌중을 둘러보았다.

좌중의 시선이 아르디엔에게 집중되었다.

"여러분. 대략의 사정은 라미안이 말한 대로입니다. 제피아와 아스크는 마도국의 개혁을 원하는 자들입니다. 그들이 마도국을 다스리게 되면, 1년이라는 시간 안에 대륙 공적이라는 오명을 씻어낼 것이며, 그 이후로는 그라함 왕국에 경제적, 군사적인 도움을 무조건적으로 줄 것입니다."

그 말에 제피아의 눈이 휘둥그레졌다.

아스크는 재미있다는 듯 킥킥댔다.

아스크가 아르디엔에게 마도국을 변화시키겠다고는 했지

만 1년 안에 그리 하겠다 말한 적은 없었다.

아르디엔은 지금 어쩔 수 없이 1년이 흐르기 전에 마도국을 개혁시키지 않으면 안 되는 상황을 만들어 버렸다.

"하여튼 미친놈이라니까."

혼잣말을 하는 아스크의 곁으로 제피아가 다가왔다.

"아스크. 괜찮겠느냐."

"뭐가요."

아스크는 제피아를 쳐다도 보지 않고 되물었다.

"1년 안에 개혁을 한다는 것은……."

"불가능하다고? 그럼 지금 승리한 이 전쟁은 처음부터 이길 것 같았어요?"

"……."

제피아가 입을 닫았다.

아스크의 말이 맞기 때문에도 그러했고, 무슨 말을 해도 그의 귀엔 들리지 않게 뻔했기 때문이다.

이럴때의 아스크는 귀를 완전히 닫아버린다.

지금의 아스크를 상대할 바에는 차라리 지나가던 강아지를 붙잡고 대화하는 게 더 나았다.

"그래, 네 뜻이 그렇다면."

제피아는 아들과의 이야기를 그렇게 마무리 지었다.

아르디엔의 말이 계속 이어졌다.

"만약 1년 안에 마도국이 대륙공적이라는 불명예를 벗지 못하게 된다면 그땐 제가 앞장서서 모든 문제를 해결할 것입니다."

모든 문제를 해결하겠다는 말은 곧, 전쟁을 일으켜 마도국을 없애겠다는 얘기였다.

그때 광기 가득한 웃음소리가 터져 나왔다.

"하, 하하하하! 아하하하하하하하!"

사람들의 시선이 일제히 광소하는 이에게 향했다. 그는 다름 아닌 아스크였다.

한참을 웃던 아스크가 돌연 웃음을 뚝 그치고 아르디엔을 똑바로 노려보았다.

"그거 재미있군."

아스크가 어디 해볼 테면 해보라는 투로 말했다.

"1년? 그전에 마도국을 개혁시킬 테니 지켜보라고, 하멜 후작."

아르디엔은 아스크에게 대답하는 대신 병사들에게 물었다.

"게르갈드 차기 국왕의 발언을 모두 기억하십시오. 저 또한 똑똑히 기억하고 있을 것입니다."

거기까지 말하고서 아르디엔은 입을 닫았다.

그라함 왕국군이 또다시 술렁였다.

그때 지금껏 잠자코 있던 고르다스 대공이 무너진 마레타히트 성벽의 잔해 위에 올라가 소리쳤다.

"다들 하멜 후작의 맹세를 믿어주겠는가!"

"그야… 하멜 후작님은 당연히 믿지만……."

"정작 개혁을 하겠다는 건 아스크란 녀석인데 말처럼 쉬울지……."

"하멜 후작님이 직접 개입해서 개혁을 한다면 또 몰라도……."

라미안과 아르디엔의 연설로 많은 병사들의 마음이 동했지만 아직도 부정적인 시선을 가진 이들이 남아 있었다.

그 원인은 단 하나였다.

개혁을 일으키겠다고 한 당사자가 아스크이기 때문이다.

아스크를 부정적으로 보는 병사들에겐 그럴 만한 이유가 있었다.

아스크가 전장에서 피아(彼我)를 구분하지 않고서 마법을 시전하는 걸 목격했기 때문이다.

그의 마법에 희생당한 그라함 왕국군의 수가 수십이었다.

이러한 성정의 인간이 어떻게 마도국을 개혁시킨다는 것인가?

그때, 삼대성군이 고르다스 대공의 뒤에 섰다.

"하멜 후작의 말이라면 우리들은 무조건 믿고 가겠습니다.

대공 각하."

"하멜 후작만큼 애국하는 이가 또 어디 있겠습니까? 그를 의심한다는 것은 나라에 대한 제 충정을 의심하는 것과 다름이 아닙니다."

"하멜 후작이 없었다면 지금의 그라함 왕국이 있었겠습니까? 이 전쟁에서 싸워 이길 수 있었겠습니까? 우리가 이렇게 살아 숨 쉬고 있었겠습니까? 우리 모두 그에게 보금자리를 구원받았고 목숨빚을 졌습니다. 그럼에도 그의 말을 믿어주지 못한다면 금수만도 못한 인간이 아니고 무엇이겠습니까! 저는 염치없는 인간이 아닌지라, 그렇게는 못하겠습니다."

차례대로 리호른 백작, 레이먼 백작, 칼토르 후작의 말이었다.

특히 칼토르 후작의 얘기는 아르디엔의 말을 불신하던 병사들의 가슴을 후벼 팠다.

베르체스의 독설이 어디에서 나오나 했더니 부전여전이었다.

"저도 하멜 후작님의 뜻에 따르겠어요."

여태껏 그 존재감조차 희미했던 베르체스가 삼대성군의 뒤에 나타나서 말했다.

사실 그녀는 전장에서 나름 많은 활약을 했다.

그녀가 부리는 상급 정령들은 마도국의 병사들을 수 없이 무너뜨렸다.

그럼에도 불구하고 그녀에게 시선이 집중되지 못했던 것은 그녀보다 더욱 대단한 장수들이 넘쳐났기 때문이다.

게다가 적국은 드래곤까지 보유하고 있었다.

그렇다 보니 베르체스에게 시선이 갈 여지가 없었다.

아무튼 고르다스 대공과 삼대성군, 그리고 베르체스까지 합세해서 아르디엔의 의견을 지지하고 나섰다.

그쯤 되어서는 병사들도 전부 하멜 후작을 한 번 믿어보자는 쪽으로 마음이 굳어졌다.

고르다스 대공이 좌중을 둘러보며 물었다.

"혹시 아직도 하멜 후작의 애기가 탐탁지 않다 느껴지는 사람이 있다면 애기하게."

이번에는 그 누구도 불만을 토로하지 않았다.

고르다스 대공이 활짝 웃었다.

"그럼 패잔병들은 모두 풀어주도록 하겠네."

*　　　*　　　*

전쟁이 끝나고 난 뒤.

그라함 왕국군은 피아를 가리지 않고 모든 시체들을 한데 모아 태워주었다.

그래도 두면 몬스터나 짐승의 밥이 되기 때문이다.

용감하게 싸우다 전사한 이들의 시신을 그런 식으로 욕되게 할 수는 없었다.

시체를 태운 다음엔, 주인 잃은 병장기와 갑옷들을 수거했다.

사망자 파악은 시체를 태우기 전에 끝냈지만, 워낙 산산조각 나 버린 전사자들이 많아서 신원파악이 어려운 시체들이 상당했다.

그래서 전장에 함께 나온 동료가 보이지 않으면 바로 신고를 하는 식으로 해서 사망자들을 파악했다.

그렇게 하고 나니 하루가 다 지나갔다.

오늘은 대략적으로 사망자들을 산출한 것이다.

내일 다시 한 번 정확히 조사를 해야 한다.

해가 떨어진 이상 더 할 일은 없었다.

그라함 왕국군은 패잔병들을 이끌고 마레타히트 안쪽으로 향했다.

그곳에다 막사를 세운 뒤, 패잔병들의 쉴 자리부터 챙겨주었다.

다음으로는 모닥불을 피워 간단한 요리들을 만들었다.

패잔병들까지 먹일 식재료들은 넉넉했다.

이 대규모 전쟁이 단 하루만에 끝날 것이란 예상을 못했었기에 가지고 온 군량이 어마어마했다.

물론 마도국에서도 군량을 넉넉한 군량을 가져왔다.

그러나 그라함 왕국군은 자신들의 군량을 나누어 먹기로 했다.

큰 전투를 끝낸 뒤라 적군 아군 할 것 없이 똑같이 배가 고팠다.

여기저기 피워진 모닥불을 중심으로 병사들이 둥그렇게 모여 앉았다.

그러자 모든 이들에게 술이 배분되었다.

전쟁에서 술은 병사들의 사기를 촉진시키기 위해 꼭 필요했다.

물론 오늘은 사기와는 전혀 상관없이 축배를 들기 위함이 목적이었다.

음식과 술이 나오니 사람들의 얼굴에 미소가 어렸다.

마도국의 사람들도 지금 이 순간만큼은 근심을 내려놓기로 했다.

전쟁에서 패하긴 했으나 그렇다고 자신들이 죽을 위기에 처한 건 아니었다.

그라함 왕국군은 패잔병을 내일 바로 놓아주기로 했다.

그렇다면 오늘은 그냥 모두 잊어버리고 잘 마시고 푹 자는 게 상책이었다.

술이 몇 순배 돌고 나자 여기저기서 왁자한 소리가 울려 퍼졌다.

얼큰히 술 오른 병사들이 흥을 못 이겨 웃고 떠들기 시작한 것이다.

하멜 후작가의 장수들은 아르디엔의 주변에 빙 둘러앉아 담소를 나누고 있었다.

그 자리엔 삼대성군과 베르체스도 함께였다.

한데 제피아와 아스크가 보이지 않았다.

아르디엔이 그들을 찾아 움직였다.

잠시 주변을 둘러보던 아르디엔의 눈에 커다란 나무 기둥에 등을 대고 앉아 술을 나누는 두 사람이 보였다.

아르디엔이 가까이 다가가자 제피아가 몸을 일으켰다.

"후작님. 어쩐 일로 찾으셨습니까."

"작별인사를 미리 해두려고."

"…그렇군요."

"그동안 힘이 되어줘서 고마웠어."

"저야말로 말로 다 할 수 없을 만큼 감사할 따름입니다."

"아스크가 왕좌에 앉는 건 더 이상 내가 걱정하지 않아도 되겠지?"

루틴은 전장에서 병사들을 버리고 도망쳤다.

그는 이미 게르갈드로 돌아가 또 다른 계략을 꾸미고 있을

지도 모른다.

남은 병력을 끌어모아 자신이 버린 병사들을 반란군으로 둔갑시킬 수도 있다.

하지만 그가 어떤 짓을 해도 상관없었다.

이미 그는 아스크에게 상대가 되지 않는다.

더불어 게르갈드의 병력 대부분이 아스크와 제피아의 수중에 있었다.

마도국에 남아 있는 건 최소한의 병력뿐이다.

제피아가 자신 있게 대답했다.

"아무 문제없을 테니 걱정 안하셔도 됩니다."

아르디엔이 아스크에게 시선을 옮겼다.

그런데 평소에는 늘 비웃음 비슷한 표정으로 사람을 기분 나쁘게 만들던 녀석이 어쩐 일인지 뚱한 얼굴이었다.

"그 어린애 같은 표정은 뭐지? 안 어울린다."

아르디엔이 직설적으로 말했다.

항상 그렇지만 아르디엔은 남에게 무언가를 돌려 말하는 법 같은 걸 모른다.

아스크가 여전히 뚱한 얼굴로 대답했다.

"기분 나빠."

느닷없이 기분이 나쁘다고 하니, 뭐가 그렇게 그의 기분을 나쁘게 만든 건지 알 수 없는 노릇이었다.

"무슨 말이지?"

"너 말야. 기분 나쁘다고."

"난 네게 도움 준 것 외에 딱히 기분 나쁠 일을 하지 않았는데."

"그래서, 그래서! 그게 기분 나쁘다고 이 새끼야!"

아스크가 눈을 부릅떴다.

"너 따위 놈한테 빚지는 게 싫다고! 기분이 거지같단 말이야!"

완전히 어린 아이가 투정을 부리는 것 같았다.

버럭 화를 낸 아스크가 씩씩 댔다.

그 모습이 아르디엔은 재미있었다.

생각해보면 아스크는 처음부터 그랬다.

항상 자기 기분에 따라 행동했다.

하고 싶은 대로 마음 가는 대로, 기분이 내키는 대로.

남을 속이거나 이간질 시키거나, 뒤로 몰래 나쁜 짓을 하는 법이 없었다.

대놓고 시비를 걸어왔다.

무조건 정면 박치기였다.

좋으면 좋은 거고, 싫으면 싫은 거다.

어찌 보면 아스크야말로 정말 순수한 인간일지도 모른다는 생각이 들었다.

"반드시……."

아스크가 주먹을 꽉 쥐었다.

"반드시 갚을 거야, 이 빚은."

"기대하지."

벌떡 일어난 아스크가 숲 속으로 모습을 감췄다.

제피아가 씁쓸한 미소를 띤 채 그의 뒤를 따라갔다.

아르디엔은 홀로 멍하니 서서 하늘을 올려다봤다.

문득 아로아가 그리워졌다.

*　　*　　*

다음 날.

해가 떠오를 무렵 대지에 깔린 웅혼한 뿔피리 소리와 함께 병사들은 눈을 떴다.

고르다스 대공은 왕국군을 정비 시키고 막사를 거둔 뒤, 행군할 준비를 갖추게 했다.

이후 아스크와 제피아를 보러 갔다.

그들은 게르갈드의 병사들을 수습하느라 분주했다.

아니, 정확히는 제피아 혼자 분주했고, 아스크는 아무것도 하지 않았다.

고르다스 대공이 너른 바위에 앉아 육포 조각을 씹는 아스크에게 다가갔다.

"아스크라고 했었나?"

"그런데?"

"고생 많았네. 부디 마도국을 잘 이끌어 가길 빌겠네."

"영감이 신경 쓸 일이 아니야. 귀찮으니까 저리 가."

고르다스 대공은 아스크의 안하무인격인 태도에도 화를 내지 않았다.

그저 뜻 모를 미소를 지으며 자리를 피할 뿐이었다.

아스크가 콧방귀를 팍 뀌었다.

"하여튼 이놈이나 저놈이나, 다 마음에 안 들어."

*　　　*　　　*

어제까지만 해도 전쟁을 벌이던 두 국가의 병사들이 서로 마주보고 섰다.

그라함 왕국군 대표로 아르디엔이, 게르갈드의 대표로 제 피아가 앞으로 나섰다.

"신세가 많았습니다, 하멜 후작님."

"아스크를 잘 보필해줘."

"그래야지요. 한데… 정작 아스크를 가장 호위해야 할 사람이 보이지 않는군요."

시긴을 말하는 것이었다.

시긴은 아르디엔이 전쟁을 나설 때 저택에 머물도록 명했다.

아르디엔은 시긴의 성정을 잘 안다.

그는 아스크를 위해서라면 목숨 따위 우습게 버릴 충성스러운 사내다.

이번 전쟁에서 혹시라도 아스크가 위험에 처하면 대신 자신의 목숨을 희생해 버릴 것이 걱정되어 아스크는 그를 저택에 남아 있으라 했다.

아직 시긴은 죽을 때가 아니다.

아스크가 왕좌에 오를 때 가장 필요한 사람 중 한 명이 바로 시긴이다.

"시긴이라면 걱정 안 해도 돼."

아르디엔의 말이 끝나는 순간, 병사들 틈에서 시긴이 모습을 드러냈다.

그가 제피아의 앞에 서서 고개를 조아렸다.

"늦어졌습니다, 제피아님."

"시긴? 어떻게……."

아르디엔이 자신의 뒤편에 서 있는 사람들 중 마리엘을 턱 짓으로 가리켰다.

"아… 공간이동. 그렇군. 고맙네, 마리엘."

마리엘이 제피아에게 살짝 윙크하고 씩 웃었다.

그에 제피아가 적잖이 당황했다.

"저 여인이… 원래 저런 성격이었습니까?"

"어제부터 새사람이 되었지."

마리엘은 죽음에서 돌아온 후, 특유의 어두운 분위기가 많이 사라져 있었다.

여전히 입은 거칠고 다혈질에다가 윗사람 존중할 줄 모르지만, 적어도 그녀의 가슴 한 켠에 따뜻함이라는 감정이 커졌다는 건 확실했다.

"이제 정말 작별이군."

"그렇군요."

"마도국을 잘 이끌어 나가도록 해."

"1년 안에 대륙공적이라는 딱지를 떼버리라니… 참 어려운 일이긴 하군요."

"자신 없나?"

"충분히 가능합니다."

"좋군."

아르디엔이 손을 내밀었다.

이에 제피아도 마주 손을 내밀었다.

두 사내는 미소 지으며 악수를 나누었다.

"그럼 이만 가보겠습니다."

제피아가 말을 하며 고개 숙여 인사했다.

시긴 역시 제피아를 따라 허리를 굽혔다.

"그간 감사했습니다."

아르디엔은 시긴과 제피아의 어깨를 가볍게 두들긴 후, 등을 돌렸다.

그런데.

"아르디엔!"

여태껏 멀리 떨어져서 딴청만 피우던 아스크가 그를 불렀다.

아르디엔이 뒤를 돌았다.

아스크는 무언가 불만이 가득한 얼굴로 한동안 아르디엔을 노려보다가 들릴 듯 말 듯 한마디를 툭 내뱉었다.

아스크와 멀리 떨어져 있었던 제피아와 시긴은 그의 말을 듣지 못했다.

하지만 마음만 먹으면 개미가 기어가는 소리까지 포착할 수 있는 아르디엔의 청력은 아스크가 뭐라고 하는지 똑똑히 들을 수 있었다.

아르디엔이 웃으며 고개를 끄덕였다.

그리고 작은 소리로 대답했다.

"나도, 고마웠다."

아스크는 아르디엔의 대답을 듣기도 전에 등을 돌렸다.

"가자! 집으로!"

아스크의 명을 받은 게르갈드의 병사들이 일제히 뒤돌아 앞으로 걸어 나갔다.

그들을 기다리는 사람들이 있는 곳을 향해서.

Chapter 12
전쟁, 그후

아르디엔 전기

페르소나 뱅가드의 헤드 헌터이자 서열 2위인 미카엘이 데스페라도 세라핌을 찾았다.

　　세라핌은 오늘따라 더욱 화려한 옷과 장신구들로 치장하고 있었다.

　　그는 남자이지만 여성보다 더 화려하고 요란하며 아름다운 것들을 좋아했다.

　　솔직히 미카엘의 취향과는 맞지 않았다.

　　"보고 드립니다. 그라함 왕국과 마도국과의 전쟁에서 그라함 왕국이 승리했다고 합니다."

"그라함 왕국이?"

세라핌이 착용하고 있던 무지개빛 가면을 검지로 톡톡 두들겼다.

이는 무언가를 생각할 때 나오는 그의 버릇 같은 것이었다.

"의외군. 게르갈드가 쉽게 이길 것이라 생각했는데."

세라핌은 게르갈드가 본 드래곤을 소유하고 있다는 걸 알고 있었다.

게다가 8서클 흑마법사인 루틴을 비롯, 각종 키메라 군단과 용병단, 5만의 흑마법사들이 일시에 쳐들어가면 분명 그라함 왕국군은 이를 막아내지 못할 것이라는 게 그의 계산이었다.

물론 그 반대의 경우도 생각하지 않은 건 아니었다.

하지만 그것은 '만약'이라는 것에 한정되었다.

그 만약이 벌어진 것이다.

"그라함 왕국이… 내 예상보다 더욱 견고한가 보군."

"하멜 후작가의 장수들이 큰 활약을 했다고 합니다."

"하, 또 하멜 후작인가?"

아르디엔 하멜 후작.

여태껏 그가 망쳐놓은 계획이 한 둘이 아니었다.

이제는 신물이 날 지경이었다.

"그래서 그라함 왕국이 마도국으로 밀고 들어가는 중인가?"

전력으로 부딪힌 전쟁에서 이겼으니 피해가 크지 않았다면 분명 마도국을 잡아먹기 위해 진격했을 것이다.

미카엘은 고개를 저었다.

"아닙니다."

"아니다? 그라함 왕국도 피해가 만만찮았나 보군."

"14만의 병사가 사망했습니다."

"…겨우?"

"그렇습니다."

"그런데 왜 마도국으로 쳐들어가지 않은 거지?"

"두 국가의 전쟁이 벌어지던 중, 루틴은 아스크에게 당해 도망을 쳤고, 결과적으로 그라함 왕국이 승리를 거머쥐었습니다. 마도국의 피해는 사망한 용병, 키메라, 흑마법사들의 수를 다 합쳐서 10만 정도입니다. 한데 그라함 왕국은 살아남은 10만의 패잔병을 처단하지 않고 모국으로 돌려보냈다 합니다. 아울러 그 10만의 병사들은 아스크와 제피아가 인솔했다는 보고입니다."

"아스크와… 제피아?"

"그렇습니다."

세라핌이 그제야 알겠다는 듯 고개를 주억거렸다.

"제피아가 아르디엔에게 붙어 있었던 이유가 그거였군. 하, 하하하! 재밌군. 아스크가 루틴을 짓밟았다?"

세라핌은 그 뒤의 말은 속으로만 삼켰다.

'두 부자 사이의 진실이 밝혀진 모양이군.'

세라핌은 제피아에게 마도국과 그의 사정에 대해 들은 적이 있었다.

해서 왕가의 핏줄 사이에 얽힌 문제에 대해서 잘 알고 있었다.

'결국 제피아는 제 아들에게 왕좌를 물려주기 위해서 아르디엔에게 붙어 있었다는 건데…….'

결국 제피아는 자신의 계획대로 일을 성사시켰다.

그리고 그 일을 아르디엔이 도왔으며, 아스크가 왕좌에 앉게 될 것이다.

그렇다면 그라함 왕국과 마도국은 이제 동맹관계가 될 것이 뻔했다.

'또 일이 꼬이는 군.'

세라핌은 두 왕국이 치열하게 싸워 어느 한쪽이 이기든 그 국가를 바로 무너뜨릴 요량이었다.

'한데 그러기는커녕 손을 잡게 됐으니.'

골치가 아팠다.

톡. 톡. 톡.

세라핌의 검지가 리드미컬하게 그의 가면을 두들겼다.

한참 동안 그러고 있던 세라핌이 다시 입을 열었다.

"아무래도 계획을 변경해야겠어."

"어찌하실 생각이십니까?"

"그걸 내가 네게 말해야 하나?"

미카엘이 화들짝 놀라 얼른 허리를 숙였다.

"죄송합니다!"

"…나가."

"네."

미카엘은 불똥이 튀기 전에 얼른 세라핌의 방을 나갔다.

"아르디엔 하멜 후작. 내가 널… 어떻게 하면 좋을까."

세라핌이 깊은 고뇌에 빠졌다.

*   *   *

그라함 왕국은 축제 분위기였다.

승전보를 가지고 왕성이 있는 수도로 들어서는 그라함 왕
국군을 모든 시민이 나와 반겨주었다.

특히 삼대성군과 하멜 후작가 장수들의 인기는 하늘을 찌
를 듯했다.

하나 그중에서도 가장 큰 인기를 끄는 사람은 단연 아르디
엔이었다.

"하멜 후작님 만세!"

"하멜 후작님 만세!"

"국왕 폐하 만세! 그라함 왕국 만세!"

국왕 폐하와 조국의 이름보다 아르디엔을 연호하는 이들이 더 많았다.

게다가 그런 국민들을 더욱 격앙케 하는 존재가 있었으니, 바로 이그나이트였다.

이미 아르디엔이 드래곤 나이트가 되었다는 소식은 왕국 전역에 퍼진 터였다.

소문이라는 놈이 발은 없어도 말보다 빨리 달리기 마련이다.

그리고 빨리 달리면 달릴수록 덩치도 불어난다.

사실 드래곤을 길들인 건 마리엘이다.

아르디엔은 그 드래곤을 마리엘에게 넘겨받았을 뿐이다.

한데 사람들은 아르디엔이 적국의 비밀 병기인 드래곤과 이틀 밤낮을 싸운 뒤, 결국엔 복종하게 만들었다고 알았다.

하지만 아르디엔에게 그들이 무얼 어떻게 알고 있든 별 상관이 없었다.

자신에 대한 무성한 소문이 퍼지면 퍼질수록 좋았다.

그것은 하멜 후작가의 위상을 드높여 줄 테니까 말이다.

아르디엔은 딱히 그런 위상을 등에 업고 뭘 하려는 게 아니다.

단지 자신의 가문이 잘될수록 그 울타리 안에 사는 사람들이 조금 더 살기 편해지는 것이 기분 좋았다.

이그나이트는 수도의 도로를 가로지르는 그라함 용병단의 머리 위에서 큰 날개를 펄럭이며 고요하게 날았다.

그 모습이 마치 이그나이트가 그라함 왕국군을 수호하는 것처럼 보였다.

*　　　*　　　*

그라함 왕국군이 왕성에 입궐했다.

물론 그 많은 인원이 다 들어올 순 없었다.

중책을 맡은 이들과 장수들, 그리고 전장에 참여한 귀족과 기사들만 입궐이 허락되었다.

말레스 페나트리앙 국왕은 성의 입구까지 나가 무사 귀환한 병사들을 반겼다.

"역전의 용사들이여! 짐이 그대들을 진심으로 반기는 바이오! 하하하하하하하!"

말레스 국왕의 통쾌한 웃음은 모든이의 가슴을 뻥 뚫리게 만드는 듯했다.

입궐한 모든 이들에 말에서 내려 말레스 국왕 앞에 무릎을 꿇었다.

가장 선두에 서 왕국군을 이끌던 고르다스 대공이 대표로 인사를 올렸다.

"신 고르다스가 국왕 폐하께 아뢰옵니다! 마도국 게르갈드와 전쟁을 벌인 그라함 왕국군은 당당히 승전보를 울리고 돌아왔나이다!"

말레스 국왕이 고르다스 대공에게 허리를 숙여 그의 손을 꽉 움켜쥐었다.

"수고하셨습니다. 정말로 수고하셨습니다."

고르다스 대공이 슬쩍 고개를 들어 말레스 국왕, 아니 동생의 눈을 바라보았다.

말레스 국왕의 눈엔 눈물이 그렁그렁 맺혀 있었다.

고르다스 대공은 방긋 웃으며 천천히 고개를 주억거렸다.

말레스 국왕이 얼른 눈물을 훔치고서 헛기침을 했다.

아무리 감격스러워도 체통을 지켜야지, 스스로를 다잡은 그가 크게 소리쳤다.

"오늘은 밤새도록 파티를 열 것이오! 짐이 그대들의 노고를 달래줄 것이오!"

"성은이 망극하옵니다, 폐하!"

고르다스 대공이 선창했고.

"성은이 망극하옵니다, 폐하!"

다른 이들이 한 목소리로 재창했다.

왕성 밖에서는 시민과 왕국군의 병사들이 크게 환호성을
내질렀다.

*   *   *

그날 밤.

왕성에서는 성대한 파티가 열렸다.

소식을 듣고 파티에 참석한 귀족들은 전쟁에서 돌아온 이
들의 기를 살려주느라 분주했다.

나라를 구한 이들이다.

어찌 자랑스럽지 않겠는가.

파티의 초장에는 와인과 샴페인, 그리고 비스킷과 과일들
이 서빙되었다.

궁중 악사들은 어느 때보다 신이 나서 음악을 연주했다.

하멜 후작가의 장수들은 기꺼운 마음으로 파티를 즐겼다.

아르디엔도 술로 입을 축이며 그 분위기를 즐겼다.

숱한 귀족 여인들이 그런 아르디엔에게 다가와 추파를 던
졌다.

아르디엔에게 호감을 표하는 여인들은 하나같이 외모로
알아주는 이들이었다.

게다가 집안도 좋았다.

그런 여인들이 쉼 없이 다가오는데도 아르디엔은 눈길조차 주지 않았다.

그도 남자이기에 한번쯤은 한 눈을 팔 법도 한데, 아르디엔은 절대 그러지 않았다.

그럼에도 귀족 여인들은 쉽게 아르디엔을 포기하지 않았다.

아르디엔의 주변에 몰려드는 귀족 여인들의 수는 갈수록 늘어만 갔다.

그때 누군가가 여인들의 틈을 파고 들어왔다.

베르체스였다.

"하멜 후작님. 피곤하지 않으세요?"

"약간 그렇군요."

"저 같으면 전장에서 돌아와 휴식이 필요한 분한테 이렇게 개떼처럼 몰려들어 귀찮게 하는 무례를 저지르지는 않을 것 같은데요."

베르체스의 말에 귀족여인들의 안색이 싹 굳어버렸다.

하지만 아무도 베르체스에게 귀 아픈 소리를 하지 못했다.

그녀는 삼대성군 중 한 명인 칼토르 후작의 여식이다.

게다가 칼토르 후작은 이번 전쟁에 참여해 혁혁한 공을 세웠다.

한 가지 더.

그녀의 배경도 배경이지만 그라함 왕국 사람 치고 베르체스의 성질에 대해 모르는 이들은 없었다.

아르디엔에게서 떨어질 줄 모르던 여인들은 베르체스의 등장에 모두 뿔뿔이 흩어졌다.

베르체스가 그녀들을 한 번 흘겨보고서는 코웃음 쳤다.

"진짜 생각들이 없다니까."

아르디엔이 미소 지으며 그녀에게 말했다.

"고마워요."

"고맙긴요. 이제 내가 귀찮게 할 건데."

"방금 저분들 더러 생각이 없다고 하지 않았던가요?"

"여러명 상대하는 것보다 나 하나 상대하는 게 더 낫지 않아요?"

"그건 그렇네요."

베르체스가 들고 있던 샴페인 잔을 내밀었다.

"축배를 들어야죠."

"좋아요."

아르디엔이 그녀의 잔에 자신의 잔을 가볍게 부딪혔다.

두 사람이 샴페인을 한 모금 넘기니, 하인들이 먹음직한 음식들을 나르기 시작했다.

이제부터 파티가 본격적으로 시작되는 것이다.

베르체스는 테이블에 세팅 된 음식 중 양고기 꼬치구이를 집어 들었다.

"아로아가 없는 지금이 아니면 언제 또 이렇게 붙어 있겠어요."

말을 하며 베르체스는 꼬치 한 점을 입에 넣고 우물우물 씹었다.

한데 바로 얼굴이 굳어버렸다.

아르디엔이 고개를 갸웃거리며 물었다.

"맛이 이상한가요?"

"아니요. …아무래도 오늘은 날이 아닌가 보네요."

"무슨 말입니까?"

"다음에 기회가 있겠죠. 한 번 더 말해두겠지만, 전 포기하지 않을 거예요."

이해할 수 없는 말을 하고서 베르체스는 아르디엔의 곁을 떠났다.

홀로 남은 아르디엔은 의아해 하며 양고기 꼬치구이를 집어 먹었다.

순간, 아르디엔의 입에 미소가 걸렸다.

"맞아요, 베르체스. 오늘은 당신한테 날이 아닌 모양이네요. 반대로 저한테는……."

아르디엔이 말을 하다 말고 다른 음식들을 죽 살폈다.

하나같이 익숙한 음식들이었다.

그때, 아르디엔의 뒤에서 반가운 음성이 들려왔다.

"아렌."

이 목소리를 얼마나 그리워했던가.

아르디엔이 뒤를 돌아보았다.

그곳엔 그토록 보고 싶었던 아르디엔의 연인 아로아가 서 있었다.

평소에는 볼 수 없었던 화려한 드레스를 입고 서 있는 그녀의 모습은 세상 그 누구보다도 아름다웠다.

"아로아."

"놀랐지?"

"응."

"그라함 왕국군의 승전보가 들려오자마자 내게 어명이 떨어졌어."

"당신의 사람이 승리해서 돌아오니 성에 들어와 요리하라고?"

"푸훗. 맞아."

"힘들었겠네."

아로아가 고개를 저었다.

"즐거웠어. 아렌을 조금 더 빨리 볼 수 있을 거란 생각에."

아르디엔이 활짝 웃으며 양 팔을 벌렸다.

"돌아왔어, 아로아."

"…아렌."

아로아가 참았던 눈물을 터뜨리며 아르디엔의 품에 안겼
다.

아르디엔이 그런 아로아를 뜨겁게 끌어안았다.

파티를 즐기다 그 광경을 본 사람들이 우레와 같은 박수를
보냈다.

음식을 먹느라 정신이 팔려 있던 마렉은 갑작스런 박수갈
채에 무슨 일이 벌어진 건지 살폈다.

"어라? 저거… 아로아 아니야?"

어느새 마렉의 곁에 다가온 크라임과 마리엘이 한마디씩
했다.

"아로아가 와 있었을 줄은 몰랐군."

"와~ 후작님도 제법 로맨틱 하네?"

"마리엘."

"응?"

"후작님이 나보다 로맨틱해?"

느닷없는 크라임의 질문에 마렉이 사레가 들렸다.

"쿨럭!"

그런데 들려오는 마리엘의 대답이 더 가관이었다.

"아니, 우리 자기가 더 로맨틱하지. 특히 밤에~ 침. 대.
에. 서."

이런 젠장할! 마지막 단어는 왜 끊어서 얘기하는 거야? 욕이 목구멍까지 차오르는 마렉이었지만.

"쿨럭! 쿨럭! 크헥!"

제대로 사례가 들려 말을 할 수가 없었다.

"마리엘."

"크라임."

두 사람이 마치 아르디엔와 아로아의 포옹을 재현이라도 하듯 뜨겁게 끌어안았다.

그리고는 이내.

쪽쪽쪽쪽.

물고 빨고… 아주 난리가 났다.

"하아, 더 이상 안 되겠어."

"나도, 마리엘."

마리엘과 크라임이 갑자기 사라졌다.

그제야 겨우 진정이 된 마렉이 자신의 가슴을 퍽퍽 두들겼다.

"이것들이 근데 지금 뭐하자는 거야! 누구는 여자가 없는 줄 아나!"

그때 마렉의 옆에서 익숙한 음성이 들렸다.

"그 여자 이름이 혹시 밀레나인가요?"

마렉의 눈이 휘둥그레졌다.

그가 번개보다 빠르게 고개를 돌렸다.

믿을 수 없게도 그의 옆엔 밀레나가 고운 드레스를 입고 서 있었다.

"미, 밀레나!"

"이렇게 보니까 더 반갑죠?"

마렉이 밀레나의 두 손을 덥석 잡았다.

"어, 어떻게 된거야?"

밀레나가 여전히 포옹을 나누는 아로아에게 시선을 보내며 말했다.

"아로아가 같이 가자고 했어요. 하루라도 당신을 빨리 보고 싶지 않느냐더군요."

"아, 그랬군."

마렉은 밀레나가 반가웠다.

하지만 너무나 많이 반가워서 뭘 어떻게 해야 하는지 몰라 허둥댔다.

그런 마렉을 보며 밀레나가 피식 웃었다.

"마렉."

"어, 응?"

"전 안아주지 않을 거예요?"

"…아니!"

마렉이 밀레나는 꽉 끌어안았다.

멀리서 그 광경을 지켜보던 라미안의 두 눈에 부러움이 가득했다.

'영주님께서는 잘 계시겠지?'

유독 알버트가 더더욱 그리워지는 밤이었다.

*   *   *

라미안은 일찍 방으로 들어왔다.

오늘만큼은 충분히 즐겨도 누가 뭐라 할 사람 아무도 없었지만, 그러고 싶지 않았다.

그녀의 마음이 어딘지 모르게 허했다.

"하아."

태어나서 생전 처음 느껴보는 생소한 기분이 그녀를 괴롭혔다.

그 기분은 나쁘지 않았지만 계속해서 끌고 가긴 싫은… 그런 묘한 종류의 것이었다.

침대에 몸을 뉘였다.

멍하니 천장을 바라보는데 자꾸만 알버트의 얼굴이 아른거렸다.

"많이 바쁘시겠지."

그녀는 괜히 소리 내어 말하며 스스로를 달랬다.

알버트는 한 영지를 다스리는 영주다.

그와 연애를 하기 전부터 라미안은 알버트가 얼마나 영지의 발전을 위해 노력하는지 익히 알고 있었다.

물론 대부분의 사람들은 알버트가 평소엔 놀고먹기만 하다가 중요한 시점에서 큰일을 하나씩 해결하는 줄 안다.

그러나 그건 오해다.

알버트는 영주라는 자리에 큰 무게감을 느끼고 있다.

그래서 자신으로 인해 영지민들이 고단해지지 않도록 끊임없이 노력하고 또 노력했다.

라미안도 그것을 알버트와 연애하고 난 이후 확실히 알게 되었다.

그 전부터도 마냥 정신없이 놀고 싶어 하는 사람이 아니라는 건 짐작했지만 말이다.

아무튼 그렇다 보니 왕성에서 그를 보지 못한 것을 충분히 이해할 수 있었다.

문제는 머리만 이해를 하고 있다는 것이다.

가슴은 전혀 이해를 하지 못했다.

파티가 열리는 홀에서 세 커플의 연속 포옹을 보고 난 이후, 그녀의 마음은 알버트가 보고 싶다고 계속 외치는 중이었다.

다들 와주었는데 혼자만 오지 않은 알버트가 야속하기까

지 했다.

"이러면 안 돼."

라미안이 머리를 휘휘 저었다.

그녀는 태어나서 처음으로 사랑이라는 것을 해나가는 중이다.

그래서 모든 것이 생소했다.

일단 발을 들여놓았으나, 어느 방향으로 어떻게 내디뎌야 하는지 알 수 없었다.

간혹 주변을 둘러보면 사랑으로 인해 상처 받은 이들이 제법 많았다.

그녀가 가르치는 마법사들만 해도 그 안에서 여러 커플이 생겨나고 깨지기를 반복했다.

그때마다 사랑의 아픔으로 괴로워하는 이들을 보면 사랑이라는 것이 그토록 힘든 일이구나 하는 생각이 들었다.

그리고 이별을 하기까지에는 여러 가지 문제들이 벌어진다.

서로에 대한 집착이, 애증이, 때로는 사소한 오해가 사랑이라는 감정을 아픔으로 바꾸어 버린다.

라미안은 그러기 싫었다.

지금 이 감정이 그저 알버트에 대한 그리움으로 끝나야지 아쉬움이 되어버리면 안 된다.

그런데… 아는 것만큼 마음은 따라와 주질 않았다.

"보고 싶다……."

결국 머리가 마음에게 졌다.

알버트가 너무나 보고 싶었다.

이런 저런 상념에 빠져 무의미한 시간만 흘러갔다.

똑똑.

"……!"

침묵 속에 홀로 있던 라미안은 갑작스런 노크 소리에 놀라
몸을 일으켰다.

그녀가 목을 두어 번 가다듬고 문 너머를 향해 물었다.

"누구세요?"

그러나 대답 대신 또다시 노크 소리만 들려왔다.

똑똑.

"누구신지 말씀하세요. 그 전엔 문을 열어 드릴 수 없어
요."

라미안은 지금 자신의 모습을 어지간한 사람에겐 보여주
기가 싫었다.

한데 여전히 대답 대신 들려오는 건 노크 소리였다.

똑똑똑.

"죄송하지만… 돌아가 주세요. 오늘은 누구를 만나고 싶지
않아요. 혼자 있고 싶어요."

그제야 문 너머에서 곤란한 듯한 음성이 들려왔다.

"아… 그럼 안 되는데. 돌아가려면 또 한 달은 고생해야 하는데요. 정말 돌아가요? 이대로 얼굴도 못보고?"

"…아!"

라미안이 벌떡 일어나 문을 향해 다가갔다.

그녀의 심장이 콩닥콩닥 거리며 뛰었다.

한 손으로 가슴을 지그시 누르고 마음을 진정시켰다.

그리고 천천히 문고리를 잡아 돌렸다.

스르르 문이 열리고 그 너머엔 그리웠던 이가 꽃다발을 든 채 미소 지으며 서 있었다.

"제가 좀 늦었나요?"

알버트였다.

라미안의 가슴에서 여러 가지 복잡한 감정들이 솟구쳐 얽히고설켰다.

그래서 말을 할 수가 없었다.

"라미안~ 꽃부터 받아주실 건가요? 아니면 안으로 들어간 다음에? 그것도 아니면 격렬한 키스부터? 하하, 미안해요. 오래간만에 봐서 너무 반가운 나머지 농담이 조금 격했……."

알버트는 말을 미처 다 끝맺지 못했다.

라미안이 그의 품에 달려들어 입을 맞추었다.

놀란 알버트가 엉거주춤 거리다가 얼른 중심을 잡고 라미안의 허리를 감쌌다.

그리고 본격적으로 키스를 하기 위해 돌진하려는데, 라미안이 금세 입을 뗐다.

"미, 미안해요. 저도 모르게 그만……."

라미안은 자신이 한 행동을 도무지 이해할 수 없었다.

태어나서 그토록 도발적인 행위는 이번이 처음이었다.

알버트가 입맛을 다시며 말했다.

"미안할 거 하나도 없는데요."

"왜… 늦었어요?"

라미안은 머릿속이 하얗게 되었다.

알버트를 만나는 그 순간부터 완전히 패닉이었다.

그래서 떠오르는 질문을 아무것이나 던졌다.

"업무가 너무 많아서 아로아양 일행이랑 같이 출발할 수가 없었어요. 이틀 철야 하고 바로 마차에 올랐죠. 모자란 잠은 마차에서 충분히 잤으니 오늘 밤은 쌩쌩해요."

"그랬어요? 전 그것도 모르고……."

"그래서 전 언제쯤 방 안으로 들어가면 되는 걸까요?"

"아, 미안해요. 어서 들어오……."

라미안이 허둥거리는 그때.

알버트가 감싸고 있던 라미안의 허리를 더 강하게 끌어 당겼다.

두 사람의 몸이 완전히 밀착되는 순간 알버트는 라미안과 다시 한 번 입을 맞췄다.

그 상태로 안으로 들어가며 다른 한 손으로 문을 닫고 잠궜다.

라미안의 두 손을 길을 잃고 방황하다가 겨우 알버트의 등을 어루만졌다.

두 사람은 뜨거운 키스를 나누며 침대 위에 그대로 널브러졌다.

Chapter 13
하멜 공작

아르덴 전기

다음 날 오후.

말레스 국왕은 전장의 장수들을 어전으로 모이도록 했다.

어전엔 이미 관료대신들이 정갈한 모습으로 자리해 있었다.

말레스 국왕은 전장의 장수들을 한 명 한 명 자신의 앞으로 불러내어 그 공훈을 치하하고 합당한 상을 내렸다.

큰 공을 세운 이부터 작은 공을 세운 이들까지 누구 하나 치하하지 않는 이가 없었다.

그러다 마지막으로 아르디엔의 차례가 왔다.

"아르디엔 하멜 후작은 앞으로 나오게."

아르디엔이 국왕의 앞에 나가 한쪽 무릎을 꿇었다.

"신 아르디엔 하멜이 국왕 폐하를 뵈옵니다."

아르디엔을 바라보는 말레스 국왕의 두 눈에는 애정이 가득했다.

"하멜 후작은 일어나시게."

그가 어느 때보다 부드러운 목소리로 아르디엔을 일으켜 세웠다.

말레스 국왕이 어좌에서 내려와 아르디엔의 앞에 섰다.

"하멜 후작."

"네, 폐하."

"난 그대에게 말로 다 표현할 수 없을 만큼 고마움을 느끼고 있다네."

"성은이 망극하옵니다."

"자네가 없었다면 그라함 왕국이 그 숱한 위기들을 어찌 헤쳐 나갈 수 있었겠는가."

"그것은 저 한사람의 공이 아니옵고, 저를 믿고 도와준 모든 이들의 공입니다."

"이를 말인가. 하나, 자네란 사람이 없었다면 그들이 하나로 뭉쳐 함께 험한 산을 넘기 힘들었겠지."

말레스 국왕의 왕가의 보검을 꺼내들었다.

아르디엔이 다시 무릎 꿇어 고개를 조아렸다.

말레스 국왕은 그런 아르디엔의 머리 위에 보검을 살포시 올리고서 말했다.

"짐은 이번 전쟁에서 목숨을 아끼지 않고 나라를 위해 기꺼이 전장에 뛰어 들어 가장 큰 공을 세운 아르디엔 하멜 후작의 용기와 국가에 대한 충정에 깊은 감격을 받은 바. 그 공훈을 높이 사 공작의 작위를 하사하노라."

순간 좌중에 정적이 내려앉았다.

"고, 공작… 이라고?"

하나같이 꿀 먹은 벙어리가 된 상황에서 마렉만이 눈을 꿈뻑꿈뻑하며 중얼댔다.

공작이라는 작위가 무엇인가?

대부분의 공작은 개국 공신이었던 자들의 가문이거나, 왕족의 혈통인 경우가 대부분이다.

그렇다고 개국 공신 모두가, 혹은 왕가의 혈족 전부가 공작의 작위를 받을 수 있는 것도 아니다.

개 중에서도 뛰어난 이들에게만 공작의 작위가 주어졌다.

그라함 왕국을 비롯해서 각국의 공작들은 셋을 넘지 않았다.

공작은 유일하게 국왕에게서 자유로운 귀족으로 공작령을 따로 얻게 되고 독자적인 군대 역시 소유할 수 있게 된다.

물론 하멜 후작가는 이미 국왕의 특혜를 받아 군대급의 군사력을 소유하고 있었다.

하나, 공작의 작위를 얻게 된 건 아니었다.

그런데 지금, 이 자리에서, 아르디엔은 공작의 작위를 하사받았다.

관료대신들은 물론이고 그 자리에 모인 모든 귀족과 기사들은 이게 꿈인지 생시인지 분간이 되지 않는 얼굴이었다.

아르디엔의 머리에 닿아 있던 왕가의 보검이 거두어졌다.

"이제 그대는 그라함 왕국의 공작이 되었네. 앞으로도 그라함 왕국을 위해 충정을 다해주게."

"성은이 망극하옵니다, 폐하."

아르디엔이 깊이 고개를 조아리고서 일어섰다.

말레스 국왕이 그런 아르디엔에게 왕가의 직인이 찍힌 양피지 한 장을 건넸다.

아르디엔은 두 손으로 그것을 받아 들었다.

그 양피지는 아르디엔이 그라함 왕국의 공작이 되었음을 증명해주는 문서였다.

그때까지도 좌중은 찬물을 끼얹은 듯 조용하기만 했다.

한데 갑자기 박수소리가 들려왔다.

짝짝짝짝!

사람들의 시선이 박수를 치는 이에게 향했다. 모두의 주목을 받은 이는 알버트였다.

"축하합니다, 아르디엔 하멜 공작 각하."

알버트가 말갛게 웃으며 말했다.

그제야 여기저기서 우렁찬 환호성이 터져 나왔다.

"으하하하하! 축하드리오, 공작 나으리!"

마렉도 신이 나서 외쳤다.

아로아는 마치 자신이 공작이라도 된 듯 뿌듯한 얼굴로 아르디엔을 바라보았다.

아르디엔은 오늘 그라함 왕국의 공작이 되었다.

*　　　　*　　　　*

아르디엔이 일행이 왕성에 머문 지 사흘이 지났다.

왕성의 홀에서는 매일 밤마다 성대한 파티가 열렸다.

마리엘과 크라임은 원체 술을 좋아하는 커플인지라 날마다 파티에 참석했다.

물론 그 커플은 파티가 끝날 때까지 자리를 지키는 경우가 없었다.

늘 빠르게 불타올라 진한 키스를 나누다가 어디론가 사라지곤 했다.

알버트는 어젯밤, 라미안과 함께 파보츠로 돌아갔다.

업무가 워낙 많아 더 이상 머물기가 힘들었던 것이다.

해서, 본래는 혼자만 파보츠로 돌아가려 했는데, 라미안이 같이 가고 싶다고 말했다.

알버트는 기꺼이 그녀의 손을 잡아 자신의 마차에 태웠다.

아르디엔과 아로아는 오래간만에 모든 것을 잊고서 둘만의 행복한 시간을 보냈다.

마렉과 밀레나 역시 마찬가지였다.

하지만 케이아스는 혼자였다.

레나는 왕성에 오지 않았다.

처음에 케이아스는 이를 대수롭지 않게 여겼다.

나중에라도 성으로 찾아오겠지 하는 생각이었다.

그런데 그녀가 계속 찾아오지 않아 라미안이 만들어 준 아티팩트 반지를 이용해 텔레파시로 대화를 하려 했다.

하멜 후작가의 중요한 사람들에겐 모두 그 반지가 착용되어 있다.

체이스 마법과 텔레파시 마법이 인챈트 되어 있는 반지라서 언제든 원하는 사람과 대화를 나눌 수 있었다.

텔레파시 마법을 활성화 시키는 방법을 반지를 빠르게 두 번, 느리게 한 번 두들기는 것이다.

타탁. 탁.

케이아스가 텔레파시를 활성화 시킨 후, 속으로 말을 전했다.

―레나 들려?

―…케이?

레나의 음성이 케이아스의 머릿속에서 울려 퍼졌다.

한데 어쩐지 힘이 없는 것 같았다.

―무슨 일 있어?

케이아스의 물음에 레나 대신 아로아의 다급한 음성이 들려왔다.

―미안해, 케이! 얘기 전해준다는 걸 깜빡했네. 레나 말이야. 이번에 같이 오려고 했는데 그러지 못했어.

라미안이 만든 반지는 한 명이 텔레파시 마법을 활성화하면 반지를 끼고 있는 다른 모든 이들과 대화를 나눌 수 있게된다.

해서 아로아가 두 사람의 이야기에 끼어든 것이다.

―왜?

케이아스가 물었다.

―최근 한 달 동안 제대로 자지도, 먹지도 않고 미라클 플라워 연구에만 몰두하다가 갑자기 쓰러져 버렸지 뭐야.

―그랬구나. 레나, 괜찮아?

―네, 괜찮아요.

말은 괜찮다고 하지만 음성은 전혀 괜찮지 않았다.

—아프면 말을 하지 그랬어?

　—내가 아프다 그러면 왕성에 있지 않고 바로 올 생각이었어요?

　—응.

　—에? 거짓말.

　—진짠데?

　—케이가요? 아프다고 해봤자 파티 즐기느라 신경도 안 쓸 줄 알았는데?

　—날 잘 알고 있네?

　—그럼요~ 이래봬도 여자 친구잖아요. 전 케이가 분명 파티를 더 즐기고 싶어 할 거라고 믿었어요.

　—그렇게까지 날 믿었어?

　—네.

　—고마워, 믿어줘서.

　—에헤헤헤헤. 당연한 거죠. 내가 안 믿으면 누가 케이를 믿어줘요?

　케이아스와 레나의 대화를 듣던 다른 사람들은 어처구니가 없었다.

　뭔가 오가는 대화는 훈훈한데, 두 사람의 포인트가 보통 사람들과는 완전히 빗나간 곳에 맞춰져 있었다.

　아픈 여자 친구를 내팽겨 치고 파티를 즐길게 틀림 없을거라 믿었다는 말에, 날 믿어줘서 고맙다고 하는 남자나, 나 아니면 누가 당신을 믿어주겠냐고 받아치는 여자나.

　ㅡ이것들아! 너네가 나누는 대화 듣다 보면 돌아버릴 것 같으니까 그냥 만나서 얘기해!

　ㅡ그래야겠다. 지금 갈게, 레나.

　ㅡ지금요?

　ㅡ응, 지금.

　ㅡ지금 출발하면 삼주 쯤 뒤에 보겠네요?

　ㅡ그럴 리가.

케이아스의 말끝에 바로 마리엘의 음성이 들려왔다.

　ㅡ그래 맞아. 그럴 리가.

*　　　*　　　*

레나는 자기 방 침대에 누워 있었다.

손가락 하나 꼼짝할 힘이 없었다.

사실 그녀가 갑자기 끝내주는 아이디어 떠올라서 한 달 동안 연구에 매진한 건 아니었다.

케이아스가 걱정되었다.

그가 너무나 걱정되고 보고 싶어서 견딜 수가 없었다.

하지만 걱정만 해서는 아무것도 도움이 되지 않는다.

불필요한 시간만 소모될 뿐이다.

그래서 레나는 불안한 마음을 잊어보고자 필요 이상으로 연구에 집착했다.

시간이 어떻게 흐르는지도 몰랐다.

미친 사람처럼 연구에만 매달린 지 한 달이 훌쩍 지나간 어느 순간.

"어?"

갑자기 시야가 핑글 돌았다.

자기도 모르게 기절했다가 눈떴을 땐 그녀의 방이었다.

머리엔 물수건이 올려져 있고, 침대 옆에는 아로아가 간이 의자에 앉아 꾸벅꾸벅 졸고 있었다.

밤새도록 그녀를 간호해줬던 것이다.

그런데 그 꾸벅거림의 정도가 대단히 심했다.

저러다 앞으로 고꾸라지는 거 아닌가 싶은 순간, 정말로.

콰당.

"꺅!"

고꾸라졌다.

그렇게 잠에서 깬 아로아는 레나에게 한동안 아무것도 하지 말고 푹 쉬라 얘기해 주고서는 다음날 바로 왕성의 부름을 받아 파보츠를 떠났다.

물론 떠나기 전 레나에게 들러 그라함 왕국군이 전쟁에서 승리했다는 소식을 전해주었다.

레나는 기뻤다.

케이아스가 무사히 돌아올 수 있다는 생각에 가슴이 뛰었다.

하지만 손가락 하나는커녕 입 벌릴 힘도 없었다.

당장 보러 가고 싶었지만, 불가항력적으로 참아야 했다.

그날 이후 아로아 대신 레나의 밑에 있는 여자 연구원 한 명이 수발을 들어주었다.

매일 수프를 사와 떠먹여 주고, 몸을 닦아주고, 재미있는 이야기를 들려주었다.

그렇게 20일이 흘렀다.

이제야 기력이 조금씩 돌아오기 시작하는 레나였다.

좀 살만해지니까 케이아스를 보고 싶은 마음이 더욱 간절해졌다.

지금이라도 왕성으로 가볼까? 싶었지만 왕성으로 가는 도중 파보츠로 돌아오는 케이아스와 엇갈릴까 봐 그만 두었다.

그럼 목소리라도 들을까? 싶어 반지의 텔레파시 마법을 사용하려 했으나 케이아스는 분명 정신없이 파티를 즐기고 있을 것이라 생각해 그것도 그만 두었다.

그런데 오늘 케이아스에게 먼저 연락이 왔다.

레나는 오래간만에 듣는 그의 음성이 너무나도 반가웠다.

아주 잠깐 대화를 나누기만 했는데도 심신이 치유되는 기분이었다.

—지금 갈게, 레나.

한데 얘기를 나누던 중, 케이아스가 지금 오겠다고 했다.

—지금요?

—응, 지금.

—지금 출발하면 삼주 쯤 뒤에 보겠네요?

—그럴 리가.

케이아스의 말 끝에 바로 마리엘의 음성이 들려왔다.

—그래 맞아. 그럴 리가.

다음 순간.

레나의 방에 마리엘과 케이아스가 귀신처럼 나타났다.

—케이!

레나가 침대에서 몸을 벌떡 일으키며 소리쳤다.

"레나. 이제 말로 해도 되는데."

—아?

"다시 불러줘. 네 목소리로. 내 이름."

"…케이아스."

케이가 맑게 웃으며 그녀를 확 끌어안았다.

"보고 싶었어."

레나도 활짝 웃으며 케이아스를 껴안았다.

"저도 보고 싶었어요."

그녀의 얼굴에도 미소가 어렸다.

두 사람의 미소는 많이 닮아 있었다.

"그래그래～ 둘이 뜨거운 시간 보내라고."

마리엘이 사라졌다.

오래간만에 재회한 케이아스와 레나는 한참 동안 서로를 부둥켜안고 아이처럼 크게 웃었다.

＊　　＊　　＊

왕성의 파티는 일주일이 지나도록 계속되었다.

이제 왕서에 남은 아르디엔 일행은 아르디엔 본인과 아로아, 마렉, 마리엘이 전부였다.

마렉과 마리엘은 파티가 열릴 때마다 참석해 술과 음식들을 마음껏 즐겼다.

아르디엔은 매일 저녁 벌어지는 파티 준비를 도왔다.

아로아가 파티 음식의 총감독을 맡고 있었기 때문이다.

아르디엔이 요리에 직접 참가하면서 안 그래도 맛있었던 요리가 그보다 더 맛좋아졌다.

파티에 참석하는 이들은 다들 한 번씩은 음식의 맛을 찬양하고는 했다.

그에, 레인보우 펍에 들른 적이 있는 귀족들은, 그 음식 맛이 파보츠의 유명한 음식점 셰프의 솜씨라 말하며 자신의 경험을 뽐냈다.

어찌 되었든 아로아가 음식의 총감독이다 보니 아르디엔은 왕성에서 벌어지는 파티가 끝나기 전까지 돌아갈 수 없었다.

아르디엔이 왕성에 있음으로 인해서 많은 귀족들은 매일같이 열리는 파티에 지치지도 않고 참석했다.

그 덕분에 왕성이 저녁때만 되면 시끌벅적했다.

말레스 국왕은 그것이 즐거웠다.

어쩌면 아로아를 총감독으로 고용한 것도 아르디엔으로 오는 이런 효과를 기대한 것일지도 몰랐다.

*   *   *

바쁜 하루가 지나갔다.

새벽 무렵, 그날따라 피곤함을 느낀 아로아는 방에 들어오자마자 쓰러지더니 이내 새근새근 잠들었다.

아르디엔은 홀로 왕성의 정원에 나와 새벽공기를 즐겼다.

그는 스스로를 관조하며 사색하는 시간이 좋았다.

시선을 밖이 아닌 자기 자신, 즉 안으로 두고 있으면 시간이라는 것은 참으로 빨리 흘러갔다.

한데 그런 아르디엔의 즐거움을 방해하는 인기척이 느껴졌다.

그 움직임이 대단히 은밀했다.

아르디엔이 아니었다면 곁에 다가올 때까지 모를 정도로.

아르디엔은 벤치에서 일어나 오른쪽으로 고개를 돌렸다.

"나와."

그가 정원의 커다란 나무 기둥을 바라보며 말했다.

그러자 이내 누군가의 대답이 들려왔다.

"역시 들켰네."

나무 기둥 뒤에서 누군가가 모습을 드러냈다.

"잘 지냈어?"

아르디엔이 미간을 찌푸렸다.

많이 들어본 목소리였다.

한데 어디서 들어봤는지 기억이 나질 않았다.

아직 자신을 드러낸 불청객의 모습은 어둠에 가려 잘 보이지 않았다.

그가 천천히 아르디엔에게 다가왔다.

하늘을 무성하게 덮고 있던 나뭇가지들을 벗어나는 순간 아스라한 달빛이 그의 얼굴을 비쳐 주었다.

"……!"

순간 아르디엔은 아찔함을 느꼈다.

그의 얼굴은 자신의 얼굴과 똑같았다.

어디서 많이 들어봤다고 느낀, 음성은 바로 아르디엔 자신의 음성이었다.

그가 아르디엔과 거리를 두고 서서 말했다.

"안녕? 난 그림자야."

『아르디엔 전기』9권에 계속…

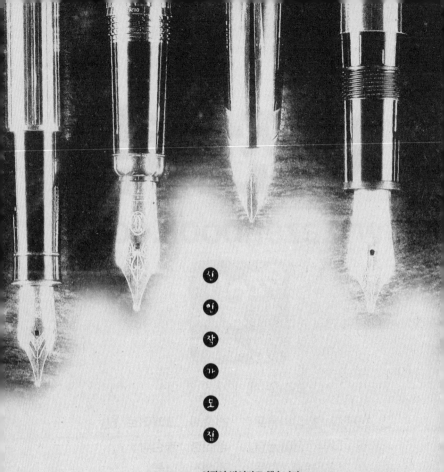

용병귀환

유왕 판타지 장편 소설

수십 년 전, 용병왕의 등장으로 생겨난
왕국과 용병의 세계.
평소엔 한없이 가볍지만 화나면 누구보다 무서운,
놀고먹고 싶은 그가 돌아왔다!

하지만 바람과는 달리 과거 그의 앙숙과 대륙의 판도는
도저히 그를 놓아주질 않는데……

"용병은 그냥, 돈 받고 칼을 빌려주는 놈들이니까."

그의 용병 철학은 단순했다.

"물론, 누구에게 빌려주느냐가 문제겠지?"

도시의 주인

말리브 장편 소설
FUSION FANTASTIC STORY

말리브 작가의 신작 현대 판타지!

죽기 위해 오른 히말라야.
그러나, 죽음의 끝에 기연을 만나다!

『도시의 주인』

다시 한 번 주어진 운명.
이제까지의 과거는 없다!

소중한 이를 위해! 정의를 외친다!

Book Publishing CHUNGEORAM

유행이 하니 자유추구 -
WWW.chungeoram.com